2/45

MAIGRET
ET
LES BRAVES GENS

OUVRAGES DE GEORGES SIMENON

PARUS AUX PRESSES DE LA CITÉ

COLLECTION MAIGRET

Mon ami Maigret.
Maigret chez le coroner.
Maigret et la vieille dame.
L'amie de Mme Maigret.
Maigret et les petits cochons sans queue.
Un Noël de Maigret.
Maigret au « Picratt's ».
Maigret en meublé.
Maigret, Lognon et les gangsters.
Le revolver de Maigret.
Maigret et l'homme du banc.
Maigret a peur.
Maigret se trompe.

Maigret à l'école.
Maigret et la jeune morte.
Maigret chez le ministre.
Maigret et le corps sans tête.
Maigret tend un piège.
Un échec de Maigret.
Maigret s'amuse.
Maigret à New York.
La pipe de Maigret.
Maigret et l'inspecteur malgracieux.
Maigret et son mort.
Les vacances de Maigret.

Les mémoires de Maigret.
Maigret et .a Grande Perche.
La première enquête de Maigret.
Maigret voyage.
Les scrupules de Maigret.
Maigret et les témoins récalcitrants.
Une confidence de Maigret.
Maigret aux Assises.
Maigret et les vieillards.
Maigret et le voleur paresseux.

ROMANS

Je me souviens.
Trois chambres à Manhattan.
Au bout du rouleau.
Lettre à mon juge.
Pedigree.
La neige était sale.
Le fond de la bouteille.
Le destin des Malou.
Les fantômes du chapelier.
La jument perdue.
Les quatre jours du pauvre homme.
Un nouveau dans la ville.
L'enterrement de Monsieur Bouvet.

Les volets verts.
Tante Jeanne.
Le temps d'Anaïs.
Une vie comme neuve.
Marie qui louche.
La mort de Belle.
La fenêtre des Rouet.
Le petit homme d'Arkhangelsk.
La fuite de Monsieur Monde.
Le passager clandestin.
Les frères Rico.
Antoine et Julie.
L'escalier de fer.
Feux rouges.
Crime impuni.
L'horloger d'Everton.

Le grand Bob.
Les témoins.
La boule noire.
Les complices.
En cas de malheur.
Le fils.
Le nègre.
Strip tease.
Le président.
Dimanche.
Le veuf.
La vieille.
Le passage de la ligne.
L'ours en peluche.
Betty.
Le train.
La porte.
Les autres.

« TRIO »

I. — La neige était sale. — Le destin des Malou. — Au bout du rouleau.
II. — Trois chambres à Manhattan. — Lettre à mon juge. — Tante Jeanne.
III. — Une vie comme neuve. — Le temps d'Anaïs. — La fuite de Monsieur Monde.
IV. — Un nouveau dans la ville. — Le passager clandestin. — La fenêtre des Rouet.
V. — Pedigree.
VI. — Marie qui louche. — Les fantômes du chapelier. — Les quatre jours du pauvre homme.
VII. — Les frères Rico. — La jument perdue. — Le fond de la bouteille.
VIII. — L'enterrement de M. Bouvet. — Le grand Bob. — Antoine et Julie.

——— Georges SIMENON ———

MAIGRET
ET
LES BRAVES GENS

roman

PRESSES DE LA CITÉ
116, RUE DU BAC
PARIS

CHAPITRE

1

Au lieu de grogner en cherchant l'appareil à tâtons dans l'obscurité comme il en avait l'habitude quand le téléphone sonnait au milieu de la nuit, Maigret poussa un soupir de soulagement.

Déjà il ne se souvenait plus nettement du rêve auquel il était arraché, mais il savait que c'était un rêve désagréable : il tentait d'expliquer à quelqu'un d'important, dont il ne voyait pas le visage et qui était très mécontent de lui, que ce n'était pas sa faute, qu'il fallait montrer de la patience à son égard, quelques jours de patience seulement, parce qu'il avait perdu l'habitude et qu'il se sentait mou, mal dans sa peau. Qu'on lui fasse confiance et ce ne serait pas long. Surtout, qu'on ne le regarde pas d'un air réprobateur ou ironique...

— Allô...

Tandis qu'il approchait le combiné de son

oreille, Mme Maigret, soulevée sur un coude, allumait la lampe de chevet.

— Maigret? questionnait-on.

— Oui.

Il ne reconnaissait pas la voix, encore qu'elle lui parût familière.

— Ici, Saint-Hubert...

Un commissaire de police de son âge à peu près, qu'il connaissait depuis ses débuts. Ils s'appelaient par leur nom de famille, mais ne se tutoyaient pas. Saint-Hubert était long et maigre, roux, un peu lent et solennel, anxieux de mettre les points sur les i.

— Je vous ai éveillé?

— Oui.

— Je m'en excuse. De toute façon, je pense que le Quai des Orfèvres va vous appeler d'un instant à l'autre pour vous mettre au courant, car j'ai alerté le Parquet et la P. J.

Maigret, assis dans son lit, saisissait sur la table de nuit une pipe qu'il avait laissé éteindre en se couchant. Il cherchait des allumettes des yeux. Mme Maigret se levait pour aller lui en prendre sur la cheminée. La fenêtre était ouverte sur un Paris encore tiède, piqueté de lumières, et on entendait des taxis passer au loin.

Depuis cinq jours qu'ils étaient rentrés de vacances, c'était la première fois qu'ils étaient réveillés de la sorte et, pour Maigret, c'était un peu une reprise de contact avec la réalité, avec la routine.

— Je vous écoute, murmurait-il en tirant sur sa pipe cependant que sa femme tenait l'allumette enflammée au-dessus du fourneau.

— Je suis dans l'appartement de M. René Josselin, 37 *bis,* rue Notre-Dame-des-Champs, tout à côté du couvent des Petites Sœurs des Pauvres... Un crime vient d'être découvert, dont je ne sais pas grand-chose, car je ne suis arrivé qu'il y a une vingtaine de minutes... Vous m'entendez?...

— Oui...

Mme Maigret se dirigeait vers la cuisine pour préparer du café et Maigret lui adressait un clin d'œil complice.

— L'affaire paraît troublante; elle est probablement délicate... C'est pourquoi je me suis permis de vous appeler... Je craignais qu'on ne se contente d'envoyer un des inspecteurs de garde...

Il choisissait ses mots et on devinait qu'il n'était pas seul dans la pièce.

— Je savais que vous étiez récemment en vacances.

— J'en suis revenu la semaine dernière.

On était mercredi. Plus exactement jeudi, puisque le réveil, sur la table de nuit de Mme Maigret, marquait deux heures dix. Ils étaient allés au cinéma tous les deux, moins pour voir le film, assez quelconque, que pour reprendre leurs habitudes.

— Vous comptez venir?

— Le temps de m'habiller.

— Je vous en serai personnellement reconnaissant. Je connais un peu les Josselin. Ce sont des
gens chez qui on ne s'attend pas qu'un drame se
produise...

Même l'odeur du tabac était une odeur pro-
fessionnelle : celle d'une pipe, éteinte la veille,
qu'on rallume au milieu de la nuit quand on est
éveillé par une urgence. L'odeur du café aussi
était différente de celle du café du matin. Et
l'odeur d'essence qui pénétrait par la fenêtre ouverte...

Depuis huit jours, Maigret avait l'impression
de patauger. Pour une fois, ils étaient restés trois
semaines entières à Meung-sur-Loire, sans le
moindre contact avec la P. J., sans que, comme
cela arrivait les autres années, on le rappelle à
Paris pour une affaire urgente.

Ils avaient continué d'aménager la maison, le
jardin. Maigret avait pêché à la ligne, joué à la
belote avec des gens du pays et, depuis son retour, il ne parvenait pas à reprendre pied dans
la vie quotidienne.

Paris non plus, aurait-on dit. On ne retrouvait
ni la pluie, ni la fraîcheur des lendemains de vacances. Les gros cars de touristes continuaient
à promener dans les rues des étrangers à chemi-
ses bariolées et, si beaucoup de Parisiens étaient
rentrés, d'autres s'en allaient encore par trains
entiers.

La P. J., le bureau, paraissaient un peu irréels à Maigret qui se demandait parfois ce qu'il y faisait, comme si la vie véritable était là-bas, au bord de la Loire.

C'est de ce malaise, sans doute, que sortait son rêve, dont il essayait en vain de se rappeler les détails. Mme Maigret revenait de la cuisine avec une tasse de café brûlant et comprenait tout de suite que son mari, loin d'être furieux de ce réveil brutal, en était réconforté.

— Où est-ce?

— A Montparnasse... Rue Notre-Dame-des-Champs...

Il avait passé sa chemise, son pantalon; il laçait ses chaussures quand le téléphone sonna à nouveau. Cette fois, c'était la P. J.

— Ici, Torrence, patron... On vient de nous avertir que...

— Qu'un homme a été tué rue Notre-Dame-des-Champs...

— Vous êtes au courant? Vous comptez y aller?

— Qui est au bureau?

— Il y a Dupeu, en train de questionner un suspect dans l'affaire du vol de bijoux, puis Vacher... Attendez... Lapointe rentre à l'instant...

— Dis-lui d'aller m'attendre là-bas...

Janvier était en vacances. Lucas, rentré la veille, n'avait pas encore repris sa place au Quai.

— Je t'appelle un taxi? demandait un peu plus tard Mme Maigret.

Il retrouvait, en bas, un chauffeur qui le connaissait et, pour une fois, cela lui fit plaisir.

— Où est-ce que je vous conduis, chef?

Il donna l'adresse, bourra une nouvelle pipe.
Rue Notre-Dame-des-Champs, il aperçut une petite auto noire de la P. J. et Lapointe, debout
sur le trottoir, fumant une cigarette en bavar-
dant avec un gardien de la paix.

— Troisième étage à gauche, annonça celui-ci.

Maigret et Lapointe franchirent la porte d'un
immeuble bourgeois, bien entretenu, virent de
la lumière dans la loge; à travers le tulle du rideau, le commissaire crut reconnaître un inspecteur du VIᵉ arrondissement qui questionnait la
concierge.

L'ascenseur à peine arrêté, une porte s'ouvrit
et Saint-Hubert s'avança pour les accueillir.

— Le Parquet ne sera pas ici avant une demi-
heure... Entrez... Vous allez comprendre pourquoi j'ai tenu à vous téléphoner...

Ils pénétraient dans un vaste vestibule, puis
Saint-Hubert poussait une porte entrouverte et ils
découvraient un salon paisible où il n'y avait personne, sinon le corps d'un homme affalé dans un
fauteuil de cuir. Assez grand, assez gros, il était
tassé sur lui-même et sa tête, aux yeux ou-
verts, pendait sur le côté.

— J'ai demandé à la famille de se retirer dans
une autre pièce... Mme Josselin est entre les
mains du médecin de famille, le Dr Larue, qui
se trouve être un de mes amis...

— Elle a été blessée?

— Non. Elle était absente lorsque le drame s'est produit. Je vais vous mettre au courant, en quelques mots, de ce que j'ai pu apprendre jusqu'à présent.

— Qui occupe l'appartement? Combien de personnes?

— Deux...

— Vous avez parlé de la famille...

— Vous allez comprendre... M. et Mme Josselin vivent seuls ici depuis que leur fille est mariée... Elle a épousé un jeune médecin, un pédiatre, le Dr Fabre, qui est assistant du professeur Baron à l'Hôpital des Enfants Malades...

Lapointe prenait des notes.

— Ce soir, Mme Josselin et sa fille sont allées au théâtre de la Madeleine...

— Et les maris?

— René Josselin est resté seul un certain temps.

— Il n'aimait pas le théâtre?

— Je l'ignore. Je pense plutôt qu'il ne sortait pas volontiers le soir.

— Qu'est-ce qu'il faisait?

— Depuis deux ans, rien. Il possédait auparavant une cartonnerie, rue du Saint-Gothard. Il fabriquait des boîtes en carton, surtout des boîtes de luxe pour les marchands de parfums, par exemple... A cause de sa santé, il a cédé son affaire...

— Quel âge?

— Soixante-cinq ou soixante-six... Hier soir, il

est donc resté seul... Puis son gendre l'a rejoint,
j'ignore à quelle heure, et les deux hommes ont
joué aux échecs...

Sur une petite table, en effet, on voyait un jeu
d'échecs où les pièces restaient disposées comme
si la partie avait été interrompue.

Saint-Hubert parlait bas et, dans d'autres pièces dont les portes n'étaient pas tout à fait fermées, on entendait des allées et venues.

— Lorsque les deux femmes sont rentrées du
théâtre...

— A quelle heure?

— Minuit et quart... Lorsqu'elles sont rentrées, dis-je, elles ont trouvé René Josselin dans
la position où vous le voyez...

— Combien de balles?

— Deux... Les deux dans la région du cœur...

— Les locataires n'ont rien entendu?

— Les voisins immédiats sont encore en vacances...

— Vous avez été prévenu tout de suite?

— Non. Elles ont d'abord appelé le Dr Larue,
qui habite à deux pas, rue d'Assas et qui soignait
Josselin. Cela a quand même pris un certain
temps et ce n'est qu'à une heure dix que j'ai
reçu un coup de téléphone de mon commissariat qui venait d'être alerté. Le temps que je
m'habille, que je me précipite... Je n'ai posé
que quelques questions car il était difficile de
faire autrement dans l'état où se trouve
Mme Josselin...

— Le gendre?

— Il est arrivé un peu avant vous.

— Qu'est-ce qu'il dit?

— On a eu du mal à le rejoindre et on a fini par le trouver à l'hôpital où il était allé voir un petit malade, une encéphalite, si j'ai bien compris...

— Où est-il en ce moment?

— Par là...

Saint-Hubert désignait une des portes. On entendait des chuchotements.

— D'après le peu que j'ai appris, il n'y a pas eu vol et nous n'avons relevé aucune trace d'effraction... Les Josselin ne se connaissent pas d'ennemi... Ce sont de braves gens, qui menaient une existence sans histoire...

On frappait à la porte. C'était Ledent, un jeune médecin légiste que Maigret connaissait et qui serra les mains autour de lui avant de poser sa trousse sur une commode et de l'ouvrir.

— J'ai reçu un coup de téléphone du Parquet, dit-il. Le substitut me suit.

— J'aimerais poser quelques questions à la jeune femme, murmura Maigret dont les yeux avaient fait plusieurs fois le tour de la pièce.

Il comprenait le sentiment de Saint-Hubert. Le cadre était non seulement élégant et confortable, mais il respirait la paix, la vie familiale. Ce n'était pas un salon d'apparat; c'était une pièce où il faisait bon vivre et où on avait l'im-

pression que chaque meuble avait son utilité et
son histoire.

Le vaste fauteuil de cuir fauve, par exemple,
était évidemment le fauteuil dans lequel René
Josselin avait l'habitude de s'installer chaque soir
et, en face, de l'autre côté de la pièce, l'appareil de télévision se trouvait juste dans le champ
de son regard.

Le piano à queue avait servi pendant des années à une petite fille dont on voyait le portrait
au mur et, près d'un autre fauteuil, moins profond que celui du chef de famille, il y avait une
jolie table à ouvrage Louis XV.

— Vous voulez que je l'appelle?

— Je préférerais la rencontrer dans une autre
pièce...

Saint-Hubert frappait à une porte, disparaissait un moment, revenait chercher Maigret qui
entrevoyait une chambre à coucher, un homme
penché sur une femme étendue.

Une autre femme, plus jeune, s'avançait vers
le commissaire et murmurait :

— Si vous voulez me suivre dans mon ancienne
chambre...

Une chambre qui était restée une chambre de
jeune fille, avec encore des souvenirs, des bibe-
lots, des photographies, comme si on avait voulu
que, mariée, elle retrouve, chez ses parents, le
cadre de sa jeunesse.

— Vous êtes le commissaire Maigret, n'est-ce
pas?

Il fit oui de la tête.

— Vous pouvez fumer votre pipe... Mon mari fume la cigarette du matin au soir, sauf au chevet de ses petits malades, bien entendu...

Elle portait une robe assez habillée et, avant de se rendre au théâtre, elle était passée chez le coiffeur. Ses mains tiraillaient un mouchoir.

— Vous préférez rester debout?

— Oui... Vous aussi, n'est-ce pas?...

Elle ne tenait pas en place, allait et venait sans savoir où poser son regard.

— Je ne sais pas si vous imaginez l'effet que cela produit... On entend parler tous les jours de crimes par les journaux, par la radio, mais on ne se figure pas que cela peut vous arriver... Pauvre papa !...

— Vous étiez très liée avec votre père?

— C'était un homme d'une bonté exceptionnelle... J'étais tout pour lui... Je suis son seul enfant... Il faut, monsieur Maigret, que vous parveniez à comprendre ce qui s'est passé, que vous nous le disiez.. On ne m'ôtera pas de la tête que c'est une terrible erreur...

— Vous pensez que l'assassin a pu se tromper d'étage?

Elle le regarda comme quelqu'un qui se jette sur une planche de salut, mais tout de suite elle secoua la tête.

— Ce n'est pas possible... La serrure n'a pas été forcée... C'est mon père qui a dû ouvrir la porte...

Maigret appela :

— Lapointe !... Tu peux entrer...

Il le présenta et Lapointe rougit de se trouver
dans une chambre de jeune fille.

— Permettez-moi de vous poser quelques questions. Qui, de votre mère ou de vous, a eu l'idée
d'aller ce soir au théâtre?

— C'est difficile à dire. Je crois que c'est maman. C'est toujours elle qui insiste pour que je
sorte. J'ai deux enfants, l'aîné de trois ans, l'autre de dix mois. Quand mon mari n'est pas dans
son cabinet, où je ne le vois pas, il est dehors, à
l'hôpital ou chez ses malades. C'est un homme
qui se donne tout entier à sa profession. Alors,
de temps en temps, deux ou trois fois par mois,
maman téléphone pour me proposer de sortir avec
elle.

» On donnait ce soir une pièce que j'avais envie de voir... »

— Votre mari n'était pas libre?

— Pas avant neuf heures et demie. C'était trop
tard. En outre, il n'aime pas le théâtre...

— A quelle heure êtes-vous venue ici?

— Vers huit heures et demie.

— Où habitez-vous?

— Boulevard Brune, près de la Cité Universitaire...

— Vous avez pris un taxi?

— Non. Mon mari m'a amenée dans sa voiture. Il y avait un battement entre deux de ses
rendez-vous.

— Il est monté?

— Il m'a laissée sur le trottoir.

— Il devait revenir ensuite?

— Cela se passait presque toujours de cette façon quand nous sortions ma mère et moi. Paul — c'est le prénom de mon mari — rejoignait mon père dès qu'il avait fini ses visites et tous les deux jouaient aux échecs ou regardaient la télévision en nous attendant.

— C'est ce qui s'est passé hier soir?

— D'après ce qu'il vient de me dire, oui. Il est arrivé un peu après neuf heures et demie. Ils ont commencé une partie. Mon mari a reçu ensuite un appel téléphonique...

— A quelle heure?

— Il n'a pas eu le temps de me le préciser. Il est parti et quand, plus tard, nous sommes montées, maman et moi, nous avons trouvé le spectacle que vous savez...

— Où se trouvait alors votre mari?

— J'ai téléphoné tout de suite à la maison et Germaine, notre bonne, m'a dit qu'il n'était pas rentré.

— L'idée ne vous est pas venue d'avertir la police?

— Je ne sais pas... Nous étions comme perdues, maman et moi... Nous ne comprenions pas... Nous avions besoin de quelqu'un pour nous conseiller et c'est moi qui ai pensé à appeler le Dr Larue... C'est un ami en même temps que le médecin de papa...

— L'absence de votre mari ne vous a pas étonnée?

— Je me suis d'abord dit qu'il était retenu par une urgence... Puis, quand le Dr Larue a été ici, j'ai téléphoné à l'hôpital... C'est là que j'ai pu le toucher...

— Quelle a été sa réaction?

— Il m'a annoncé qu'il venait tout de suite... Le Dr Larue avait déjà appelé la police... Je ne suis pas sûre que je vous dise tout cela dans l'ordre exact... Je m'occupais en même temps de maman, qui avait l'air de ne plus savoir où elle était...

— Quel âge a-t-elle?

— Cinquante et un ans. Elle est beaucoup plus jeune que papa, qui s'est marié tard, à trente-cinq ans...

— Voulez-vous m'envoyer votre mari?

La porte ouverte, Maigret entendit des voix dans le salon, celle du substitut Mercier et d'Etienne Gossard, un jeune juge d'instruction qui, comme les autres, avait été tiré de son lit. Les hommes de l'Identité Judiciaire n'allaient pas tarder à envahir le salon.

— C'est moi que vous demandez?

L'homme était jeune, maigre, nerveux. Sa femme était rentrée avec lui et questionnait timidement :

— Je peux rester?

Maigret lui fit signe que oui.

— On me dit, docteur, que vous êtes arrivé ici vers neuf heures et demie.

— Un peu plus tard; pas beaucoup...

— Vous aviez fini la journée?

— Je le pensais, mais, dans ma profession, on n'en est jamais sûr.

— Je suppose que, quand vous quittez votre domicile, vous laissez à votre domestique une adresse où on puisse vous toucher?

— Germaine savait que j'étais ici.

— C'est votre bonne?

— Oui. Elle garde aussi les enfants quand ma femme n'est pas là.

— Comment avez-vous trouvé votre beau-père?

— Comme d'habitude. Il regardait la télévision. Le programme n'était pas intéressant et il m'a proposé une partie d'échecs. Nous nous sommes mis à jouer. Vers dix heures et quart, le téléphone a sonné...

— C'était pour vous?

— Oui. Germaine m'annonçait qu'on me demandait d'urgence au 28, rue Julie... C'est dans mon quartier... Germaine avait mal entendu le nom, Lesage ou Lechat, ou peut-être Lachat... La personne qui avait téléphoné, paraît-il, était très émue...

— Vous êtes parti tout de suite?

— Oui. J'ai annoncé à mon beau-père que je reviendrais si mon malade ne me prenait pas trop de temps et qu'autrement je rentrerais directement chez moi... C'était mon intention... Je

me lève de très bonne heure, à cause de l'hôpital...

— Combien de temps êtes-vous resté chez votre
malade?

— Il n'y avait pas de malade... Je me suis
adressé à une concierge qui m'a regardé avec
surprise, m'affirmant qu'il n'y avait dans l'immeuble personne dont le nom ressemble à Lesage ou à Lachat et qu'elle ne connaissait pas
d'enfant souffrant...

— Qu'avez-vous fait?

— J'ai demandé la permission de téléphoner
chez moi et j'ai à nouveau questionné Germaine... Elle a répété qu'il s'agissait bien du
28... A tout hasard, j'ai sonné, sans plus de
succès, au 18 et au 38... Comme j'étais dehors,
j'en ai profité pour passer par l'hôpital et voir
un petit patient qui m'inquiétait...

— Quelle heure était-il?

— Je l'ignore... Je suis resté près d'une demi-
heure au chevet de l'enfant... Puis, avec une des
infirmières, j'ai fait le tour des salles... Enfin,
on est venu m'annoncer que ma femme était au
bout du fil...

— Vous êtes la dernière personne à avoir vu
votre beau-père vivant... Il ne paraissait pas inquiet...

— Pas le moins du monde... En me recondui-
sant à la porte, il m'a annoncé qu'il allait finir
seul la partie... J'ai entendu qu'il mettait la
chaîne...

— Vous en êtes certain?

— J'ai entendu le bruit caractéristique de la chaîne... J'en jurerais...

— De sorte qu'il a dû se lever pour ouvrir la porte à son assassin... Dites-moi, madame, lorsque vous êtes arrivée avec votre mère, je suppose que la chaîne n'était pas mise?

— Comment serions-nous entrées?

Le docteur fumait à petites bouffées rapides, allumait une cigarette avant que l'autre soit finie, fixait tantôt le tapis, tantôt le commissaire avec inquiétude. Il donnait l'impression d'un homme qui s'efforce en vain de résoudre un problème et sa femme n'était pas moins agitée que lui.

— Il faudra, demain, que je reprenne ces questions en détail, je m'en excuse...

— Je comprends...

— Il est temps, maintenant, que je rejoigne ces messieurs du Parquet.

— On va emmener le corps?

— C'est nécessaire...

On ne prononçait pas le mot autopsie, mais on devinait que la jeune femme y pensait.

— Retournez auprès de Mme Josselin. Je la verrai un moment tout à l'heure et je la retiendrai le moins longtemps possible...

Dans le salon, Maigret serrait machinalement des mains, saluait ses collaborateurs de l'Identité Judiciaire qui installaient leurs appareils.

Le juge d'instruction, soucieux, questionnait :

— Qu'est-ce que vous en pensez, Maigret?

— Rien.

— Vous ne trouvez pas curieux qu'on ait justement appelé le gendre, ce soir, chez un malade
qui n'existe pas? Comment s'entendait-il avec son
beau-père?

— Je l'ignore.

Il avait horreur de ces questions alors qu'ils
venaient à peine, les uns et les autres, de pénétrer dans l'intimité d'une famille. L'inspecteur
que Maigret avait entrevu dans la loge entrait
dans la pièce, un calepin à la main, s'approchait
de Maigret et de Saint-Hubert.

— La concierge est formelle, dit-il. Voilà près
d'une heure que je la questionne. C'est une
femme jeune, intelligente, dont le mari est gardien de la paix. Il est de service cette nuit.

— Qu'est-ce qu'elle dit?

— Elle a ouvert la porte au Dr Fabre à neuf
heures trente-cinq. Elle est sûre de l'heure, car
elle allait se mettre au lit et elle remontait le réveil. Elle a l'habitude de se coucher de bonne
heure parce que son bébé, qui n'a que trois mois,
la réveille très tôt le matin pour son premier bibe-
ron...

« Elle était endormie, à dix heures et quart,
quand la sonnerie a retenti. Elle a fort bien reconnu la voix du Dr Fabre qui a dit son nom en
passant... »

— Combien de personnes sont entrées et sorties ensuite?

— Attendez. Elle a essayé de se rendormir.
Elle commençait à s'assoupir quand on a sonné,
de la rue cette fois. La personne qui est entrée a
lancé son nom : Aresco. C'est une famille sud-
américaine qui habite le premier étage. Presque
tout de suite après, le bébé s'est réveillé. Elle a essayé en vain de le rendormir et elle a fini par lui
faire chauffer de l'eau sucrée. Personne n'est entré et personne n'est sorti jusqu'au retour de
Mme Josselin et de sa fille.

Les magistrats, qui avaient écouté, se regardaient gravement.

— Autrement dit, prononça le juge, le Dr Fabre est la dernière personne à avoir quitté la maison ?

— Mme Bonnet est formelle. C'est le nom de
la concierge. Si elle avait dormi, elle ne se mon-
trerait pas aussi catégorique. Il se fait qu'à
cause du bébé elle a été debout tout le temps...

— Elle était encore debout quand les deux dames sont rentrées ? L'enfant est resté éveillé pendant deux heures ?

— Il paraît que oui. Elle en était même inquiète et elle a regretté de ne pas voir revenir le
Dr Fabre à qui elle aurait voulu demander con-
seil.

On lançait à Maigret des regards interroga-
teurs et Maigret prenait un air boudeur.

— On a retrouvé les douilles ? questionnait-il,
tourné vers un des spécialistes de l'Identité Judiciaire.

— Deux douilles... 6,35... On peut enlever le corps?...

Les hommes en blouse blanche attendaient avec leur civière. Au moment où René Josselin franchissait, sous un drap, la porte de son domicile, sa fille pénétrait sans bruit dans la pièce. Son regard croisa celui du commissaire, qui s'approcha d'elle.

— Pourquoi êtes-vous venue?

Elle ne lui répondit pas tout de suite. Elle suivait des yeux les porteurs, la civière. Quand la porte fut refermée, seulement, elle murmura, un peu comme on parle en rêve :

— Une idée qui m'est passée par la tête... Attendez...

Elle se dirigea vers une commode ancienne qui se trouvait entre les deux fenêtres, en ouvrit le tiroir du haut.

— Qu'est-ce que vous cherchez?

Ses lèvres tremblaient, son regard, posé sur Maigret, était fixe.

— Le revolver...

— Il y avait un revolver dans ce tiroir?

— Depuis des années... C'est pourquoi, quand j'étais petite, le tiroir restait toujours fermé à clef...

— Quel genre de revolver?

— Un automatique très plat, bleuâtre, qui portait une marque belge...

— Un browning 6,35?

— Je crois... Je n'en suis pas sûre... Il y avait le mot Herstal gravé, ainsi que des chiffres...

Les hommes se regardaient à nouveau, car la description correspondait à un automatique 6,35.

— Quand l'avez-vous vu pour la dernière fois?

— Il y a un certain temps... Des semaines... Peut-être des mois... Sans doute un soir que nous avons joué aux cartes, car les cartes se trouvaient dans le même tiroir... Elles y sont encore... Ici, les choses gardent longtemps leur place...

— Mais l'automatique n'y est plus?

— Non.

— De sorte que celui qui s'en est servi savait où le trouver?

— C'est peut-être mon père, pour se défendre, qui...

On sentait de la peur dans ses yeux.

— Vos parents n'ont pas de domestique?

— Ils avaient une bonne, qui s'est mariée il y a environ six mois. Depuis, ils en ont essayé deux autres. Comme maman n'en était pas satisfaite, elle a préféré engager une femme de ménage, Mme Manu... Elle vient le matin à sept heures et repart à huit heures du soir...

Tout cela était normal, tout était naturel, sauf que cet homme paisible, qui avait pris sa retraite depuis peu, ait été assassiné dans son fauteuil.

Il y avait, dans le drame, quelque chose de gênant, d'incongru.

— Comment va votre mère?

— Le Dr Larue l'a forcée à se coucher. Elle ne desserre pas les dents et regarde fixement devant elle comme si elle avait perdu conscience. Elle n'a pas pleuré. On a l'impression d'un vide... Le docteur vous demande la permission de lui donner un sédatif... Il préférerait qu'elle dorme... Il peut?...

Pourquoi pas? Ce n'était pas en posant quelques questions à Mme Josselin que Maigret découvrirait la vérité.

— Il peut, répondit-il.

Les gens de l'Identité Judiciaire travaillaient toujours, avec leur minutie et leur calme habituels. Le substitut prenait congé.

— Vous venez, Gossard? Vous avez votre voiture?

— Non. J'ai pris un taxi.

— Si vous voulez, je vous reconduis.

Saint-Hubert s'en allait aussi, non sans avoir murmuré à Maigret :

— Ai-je eu raison de vous appeler?

Le commissaire fit signe que oui et alla s'asseoir dans un fauteuil.

— Ouvre donc la fenêtre, dit-il à Lapointe.

Il faisait chaud dans la pièce et cela le surprenait soudain que, malgré la température encore estivale, Josselin eût passé la soirée toutes fenêtres fermées.

— Appelle le gendre...

— Tout de suite, patron...

Celui-ci ne tarda pas à apparaître, l'air exténué.

— Dites-moi, docteur, quand vous avez quitté votre beau-père, les fenêtres étaient-elles ouvertes ou fermées?

Il réfléchit, regarda les deux fenêtres dont les rideaux étaient tirés.

— Attendez... Je ne sais pas... J'essaie de me souvenir... J'étais assis ici... Il me semble que je voyais des lumières.. Oui... Je jurerais presque que la fenêtre de gauche était ouverte... J'entendais distinctement les bruits de la ville...

— Vous ne l'avez pas fermée avant de sortir?

— Pourquoi l'aurais-je fait?

— Je ne sais pas.

— Non... L'idée ne m'en est pas venue... Vous oubliez que je ne suis pas chez moi...

— Vous veniez souvent?

— Environ une fois par semaine... Véronique rendait plus fréquemment visite à son père et à sa mère... Dites-moi... Ma femme va rester ici cette nuit mais, pour ma part, j'aimerais rentrer me coucher... Nous ne laissons jamais les enfants seuls avec la bonne toute la nuit... En outre, demain, dès sept heures, je dois être à l'hôpital...

— Qu'est-ce qui vous empêche de partir?

Il était surpris par cette réponse, comme s'il se considérait lui-même suspect.

— Je vous remercie...

On l'entendait parler à sa femme, dans la pièce voisine, puis il traversait le salon, nu-tête, sa trousse à la main, saluant d'un air gêné.

CHAPITRE

2

QUAND LES TROIS
hommes quittèrent l'immeuble, il n'y avait plus
que Mme Josselin et sa fille dans l'appartement.
Le bébé de la concierge, après une nuit agitée,
avait dû s'endormir, car la loge était obscure, et
le doigt de Maigret avait hésité un instant sur le
bouton de sonnerie.

— Que diriez-vous, docteur, d'aller prendre
un verre?

Lapointe, sur le point d'ouvrir la portière de
la voiture noire, laissa son geste en suspens. Le
Dr Larue regarda sa montre, comme si celle-ci
allait décider de sa réponse.

— Je prendrais volontiers une tasse de café,
prononça-t-il de la même voix grave, un peu
onctueuse, qu'il employait pour parler à ses malades. Il doit y avoir un bar encore ouvert au
carrefour Montparnasse.

Le jour ne pointait pas encore. Les rues étaient presque vides. Maigret leva la tête vers le troisième étage et vit la lumière s'éteindre dans le salon où une des fenêtres restait ouverte.

Est-ce que Véronique Fabre allait enfin se dévêtir et s'étendre dans son ancienne chambre? Ou resterait-elle assise au chevet de sa mère que la piqûre du docteur avait assommée? Quelles étaient ses pensées, dans les pièces soudain désertes, où tant d'étrangers venaient de s'agiter?

— Amène l'auto... disait le commissaire à Lapointe.

Il n'y avait que la rue Vavin à parcourir. Larue et Maigret marchaient le long du trottoir. Le médecin était un homme assez petit, large d'épaules, dodu, qui ne devait jamais perdre son calme, sa dignité et sa douceur. On le sentait habitué à une clientèle confortable et douillette, bien élevée, dont il avait pris le ton et les manières, non sans les exagérer quelque peu.

Malgré la cinquantaine, il restait beaucoup de naïveté dans ses yeux bleus, une certaine crainte aussi de faire de la peine, et Maigret devait apprendre par la suite qu'il exposait chaque année au Salon des Peintres-Médecins.

— Il y a longtemps que vous connaissez les Josselin?

— Depuis que je me suis installé dans le quartier, c'est-à-dire une vingtaine d'années. Véronique était encore une petite fille et, si je ne me trompe, c'est pour elle, à l'occasion d'une

rougeole, que j'ai été appelé chez eux pour la première fois.

C'était l'heure fraîche, un peu humide. Un léger halo entourait les becs de gaz. Plusieurs voi-
tures stationnaient devant un cabaret encore ouvert au coin du boulevard Raspail; le portier en
uniforme, debout à l'entrée, prit les deux hommes
pour des clients éventuels et, poussant la porte,
fit jaillir des bouffées de musique.

Lapointe, dans la petite auto, suivait au pas,
se rangeait au bord du trottoir.

La nuit de Montparnasse n'était pas tout à
fait finie. Un couple discutait à mi-voix contre
un mur, près d'un hôtel. Dans le bar encore
éclairé, comme le docteur l'avait prévu, on apercevait quelques silhouettes et une vieille marchande de fleurs, au comptoir, buvait un café ar-
rosé qui répandait une forte odeur de rhum.

— Pour moi, ce sera une fine à l'eau, dit
Maigret.

Le médecin hésita.

— Ma foi, je crois que je vais prendre la
même chose.

— Et toi, Lapointe?

— Moi aussi, patron.

— Trois fines à l'eau...

Ils s'assirent autour d'un guéridon, près de la
vitre, et se mirent à parler à mi-voix tandis que
les menus trafics de la nuit se poursuivaient autour d'eux. Larue affirmait avec conviction :

— Ce sont de braves gens. Ils n'ont pas tardé

à devenir nos amis et il nous arrivait assez souvent, à ma femme et à moi, de dîner chez eux.

— Ils ont de la fortune?

— Cela dépend de ce qu'on entend par là. Ils sont certainement très à l'aise. Le père de René Josselin possédait déjà une petite affaire de cartonnage rue du Saint-Gothard, un simple atelier vitré au fond d'une cour, qui occupait une dizaine d'ouvrières. Lorsqu'il en a hérité, son fils a acheté un outillage moderne. C'était un homme de goût, qui ne manquait pas d'idées, et il a assez vite acquis la clientèle des grands parfumeurs et d'autres maisons de luxe.

— Il paraît qu'il s'est marié tard, vers l'âge de trente-cinq ans?

— C'est exact. Il continuait à habiter la rue du Saint-Gothard, au-dessus des ateliers, avec sa mère qui a toujours été mal portante. Il ne m'a pas caché que c'est à cause d'elle qu'il ne s'est pas marié plus tôt. D'une part, il ne voulait pas la laisser seule. D'autre part, il ne se sentait pas le droit d'imposer la présence d'une malade à une jeune femme. Il travaillait beaucoup, ne vivait que pour son affaire.

— A votre santé.

— A la vôtre.

Lapointe, les yeux un peu rouges de fatigue, ne perdait pas un mot de la conversation.

— Il s'est marié un an après la mort de sa mère et s'est installé rue Notre-Dame-des-Champs.

— Qui était sa femme?

— Francine de Lancieux, la fille d'un ancien colonel. Je crois qu'ils habitaient quelques maisons plus loin, rue du Saint-Gothard ou rue Dareau, et que c'est ainsi que Josselin l'a connue. Elle devait avoir vingt-deux ans à l'époque.

— Ils s'entendaient bien?

— C'était un des couples les plus unis que j'aie connus. Ils ont eu presque tout de suite une fille, Véronique, que vous avez rencontrée ce soir. Plus tard, ils ont espéré un fils, mais une opération assez pénible a mis fin à leur espoir.

Des braves gens, avaient dit le commissaire de police, puis le médecin. Des gens presque sans histoire, dans un cadre cossu et reposant.

— Ils sont revenus de La Baule la semaine dernière... Ils y ont acheté une villa alors que Véronique était encore toute petite et ils continuaient à y aller chaque année. Depuis que Véronique est maman à son tour, ils y emmenaient ses enfants.

— Et le mari?

— Le Dr Fabre? J'ignore s'il a pris des vacances, sans doute pas plus d'une semaine. Peut-être est-il allé les rejoindre deux ou trois fois du samedi au dimanche soir. C'est un homme qui se consacre entièrement à la médecine et à ses malades, une sorte de saint laïc. Lorsqu'il a rencontré Véronique, il était interne aux Enfants Malades et, s'il ne s'était pas marié, il se serait vraisemblablement contenté d'une carrière hospitalière, sans se soucier d'une clientèle privée.

— Vous croyez que sa femme a insisté pour qu'il ait un cabinet?

— Je ne trahis pas le secret professionnel en répondant à cette question. Fabre ne s'en cache pas. En se consacrant exclusivement à l'hôpital, il aurait eu du mal à faire vivre une famille. Son beau-père a voulu qu'il rachète un cabinet et lui a avancé les fonds. Vous l'avez vu. Il ne se soucie ni de son aspect, ni du confort. Il porte le plus souvent des vêtements fripés et, livré à lui-même, je me demande s'il n'oublierait pas de changer de linge...

— Il s'entendait bien avec Josselin?

— Les deux hommes s'estimaient. Josselin était assez fier de son gendre et, en outre, ils avaient une passion commune pour les échecs.

— Il était vraiment malade?

— C'est moi qui lui ai demandé de mettre un frein à son activité. Il a toujours été gros et je l'ai connu pesant près de cent dix kilos. Cela ne l'empêchait pas de travailler douze ou treize heures par jour. Le cœur ne suivait pas. Il a eu, voilà deux ans, une crise assez bénigne qui n'en constituait pas moins un signal d'alarme.

« Je lui ai conseillé de prendre un collaborateur, de se contenter d'une sorte de supervision, juste de quoi s'occuper l'esprit.

« A ma grande surprise, il a préféré tout lâ-

cher, m'expliquant qu'il était incapable de faire
les choses à moitié. »

— Il a vendu son affaire?

— A deux de ses employés. Comme ceux-ci
n'avaient pas assez d'argent, il y reste intéressé
pendant un certain nombre d'années, je ne sais
pas au juste combien.

— A quoi, depuis deux ans, employait-il son
temps?

— Le matin, il se promenait dans le jardin du
Luxembourg; je l'y ai aperçu souvent. Il marchait lentement, précautionneusement, comme
beaucoup de cardiaques, car il finissait par
s'exagérer son état. Il lisait. Vous avez vu sa bi-
bliothèque. Lui qui n'avait jamais eu le temps de
lire découvrait sur le tard la littérature et en parlait avec enthousiasme.

— Sa femme?

— Malgré la bonne, puis la femme de ménage,
quand ils ont décidé de ne plus prendre de ser-
vante à demeure, elle s'occupait beaucoup de la
maison et de la cuisine. En plus, elle allait presque chaque jour boulevard Brune voir ses petits-
enfants, emmenait l'aîné dans sa voiture au
parc Montsouris...

— Vous devez avoir été surpris lorsque vous
avez appris ce qui s'est passé?

— J'ai encore de la peine à y croire. J'ai vu
quelques drames parmi ma clientèle, pas beaucoup,
mais quelques-uns quand même. Chaque fois, on
aurait pu s'y attendre. Vous comprenez ce que je

veux dire? Dans chaque cas, malgré les appa-
rences, il existait comme une fêlure, un élément
de trouble. Cette fois, je me perds en conjectu-
res...

Maigret faisait signe au garçon de remplir les
verres...

— La réaction de Mme Josselin m'inquiète,
poursuivait le médecin, toujours avec la même
onction. Je dirais plutôt son absence de réaction,
sa complète asthénie. Je n'ai pas pu lui arracher
une phrase de la nuit. Elle nous regardait, sa
fille, son gendre et moi, comme si elle ne nous
voyait pas. Elle n'a pas versé une larme. De sa
chambre, nous entendions les bruits du salon. Il
n'était pas difficile, avec un peu d'imagination,
de deviner au fur et à mesure ce qui s'y passait,
les flashes des photographes, par exemple, puis
quand on a emporté le corps...

» J'ai cru qu'à ce moment tout au moins elle allait réagir, tenter de se précipiter. Elle était cons-
ciente et pourtant elle n'a pas bougé, pas tressailli...

» Elle a passé la plus grande partie de sa vie
avec un homme et voilà qu'au retour du théâtre
elle se retrouve tout à coup seule...

» Je me demande comment elle va s'organi-
ser... »

— Vous croyez que sa fille la prendra chez
elle?

— Ce n'est guère possible. Les Fabre habi-
tent un de ces nouveaux immeubles où les appar-

tements sont assez exigus. Certes, elle aime sa
fille et elle est folle de ses petits-enfants, mais je
la vois mal vivant tout le temps avec eux...
Maintenant, il est temps que je rentre... Demain
matin, mes malades m'attendent... Mais non!
Laissez ça...

Il avait tiré son portefeuille de sa poche. Le
commissaire avait été plus prompt que lui.

Des gens sortaient du cabaret d'à côté, tout un
groupe, des musiciens, des danseuses, qui s'attendaient les uns les autres ou qui se disaient
bonsoir et on entendait sur le trottoir le martèle-
ment de très hauts talons.

Lapointe prenait place au volant à côté d'un
Maigret au visage sans expression.

— Chez vous?

— Oui.

Ils se turent un bon moment tandis que la voiture roulait dans les rues désertes.

— Demain matin, de bonne heure, je voudrais
que quelqu'un se rende rue Notre-Dame-des-
Champs et interroge les locataires de l'immeuble à mesure qu'ils se lèveront. Il est possible que
quelqu'un ait entendu le coup de feu et ne s'en
soit pas inquiété en pensant à un éclatement de
pneu... J'aimerais connaître aussi les allées et
venues des locataires à partir de neuf heures et demie...

— Je m'en occuperai moi-même, patron.

— Non. Tu iras te coucher après avoir donné
les instructions. Si Torrence est libre, envoie-le

rue Julie, aux trois numéros auxquels le Dr Fabre affirme avoir sonné.

— Compris.

— Il vaut mieux, aussi, par acquit de conscience, vérifier l'heure de son arrivée à l'hôpital...

— C'est tout?

— Oui... Oui et non... J'ai la sensation que j'oublie quelque chose mais, depuis un quart d'heure au moins, je me demande quoi... C'est une impression que j'ai eue plusieurs fois au cours de la soirée... A un moment donné, une idée m'est venue, pas même une idée, et quelqu'un m'a adressé la parole, Saint-Hubert si je ne me trompe... Le temps de lui répondre et j'étais incapable de me rappeler à quoi j'avais commencé à penser...

Ils arrivaient boulevard Richard-Lenoir. La fenêtre était toujours ouverte sur l'obscurité de la chambre, comme la fenêtre du salon des Josselin était restée ouverte après le départ du Parquet.

— Bonne nuit, mon petit.

— Bonne nuit, patron.

— Je ne serai sans doute pas au bureau avant dix heures...

Il gravit l'escalier lourdement, remuant des pensées imprécises, et il trouva la porte ouverte par Mme Maigret en chemise de nuit.

— Pas trop fatigué?

— Je ne crois pas... Non...

Ce n'était pas de la fatigue. Il était préoccupé,
mal à l'aise, un peu triste, comme si le drame de
la rue Notre-Dame-des-Champs l'affectait personnellement. Le docteur au visage poupin l'avait
bien dit : les Josselin n'étaient pas des gens chez
qui on admette que le drame puisse entrer natu-
rellement.

Il se souvenait des réactions des uns et des autres, de Véronique, de son mari, de Mme Josselin qu'il n'avait pas vue encore et qu'il n'avait
même pas demandé à voir.

Tout cela avait quelque chose de gênant. Il
était gêné, par exemple, de faire vérifier les dires
du Dr Fabre, comme si celui-ci eût été un suspect.

Pourtant, à s'en tenir aux faits, c'était à lui
qu'on était obligé de penser. Le substitut, le juge
d'instruction Gossard y avaient certainement
pensé aussi et, s'ils n'en avaient rien dit, c'est
parce que cette affaire leur donnait le même
malaise qu'à Maigret.

Qui savait que les deux femmes, la mère et la
fille, étaient au théâtre ce soir-là? Peu de gens
sans doute et, jusqu'ici, on n'avait cité personne.

Fabre était arrivé rue Notre-Dame-des-Champs
vers neuf heures et demie. Il avait commencé une
partie d'échecs avec son beau-père.

On l'avait appelé, de chez lui, pour l'avertir
qu'il avait un malade à voir rue Julie. Cela
n'avait rien d'extraordinaire. Il était probable

que, comme tous les médecins, il était souvent
dérangé de la sorte.

N'était-ce pas néanmoins une coïncidence troublante que, ce soir-là, justement, la domestique
ait mal entendu le nom? Et qu'elle ait envoyé
le médecin à une adresse où personne n'avait
besoin de lui?

Au lieu de revenir rue Notre-Dame-des-Champs
pour finir la partie et attendre sa femme, Fabre
s'était rendu à l'hôpital. Cela aussi devait lui
arriver fréquemment, étant donné son caractère.

Un seul locataire, pendant ce temps, rentrait
dans l'immeuble et disait son nom en passant
devant la loge. La concierge se levait un peu
plus tard et affirmait que personne, depuis,
n'était plus entré ni sorti.

— Tu ne dors pas?

— Pas encore...

— Tu es sûr que tu veux te lever à neuf
heures?

— Oui...

Il fut long à trouver le sommeil. Il revoyait
la silhouette maigre du pédiatre aux vêtements
fripés, ses yeux trop brillants d'homme qui ne
dort pas assez.

Est-ce qu'il se savait suspect? Et sa femme,
sa belle-mère, y avaient-elles pensé?

Au lieu de téléphoner à la police en découvrant
le corps, elles avaient d'abord appelé l'appartement du boulevard Brune. Or, elles n'étaient
pas au courant de l'histoire de la rue Julie. Elles

ignoraient pourquoi Fabre avait quitté la rue
Notre-Dame-des-Champs.

Elles n'avaient pas pensé tout de suite qu'il
pouvait se trouver à l'hôpital et elles s'étaient
tournées vers le médecin de famille, le Dr Larue.

Que s'étaient-elles dit pendant qu'elles restaient seules avec le cadavre dans l'appartement?
Est-ce que Mme Josselin était déjà dans le même
état d'hébétude? Etait-ce Véronique, seule, qui
avait pris les décisions, tandis que sa mère de-
meurait silencieuse, le regard absent?

Larue était arrivé et s'était rendu compte tout
de suite de l'erreur, sinon de l'imprudence,
qu'elles avaient commise en n'appelant pas la
police. C'était lui qui avait alerté le commissariat.

Tout cela, Maigret aurait voulu le voir, le vivre par lui-même. Il fallait reconstituer morceau
par morceau chaque moment de la nuit.

Qui avait pensé à l'hôpital et qui avait décro-
ché le téléphone? Larue? Véronique?

Qui s'était assuré que rien n'avait disparu dans
l'appartement et qu'il ne s'agissait donc pas d'un
crime crapuleux?

On emmenait Mme Josselin dans sa chambre.
Larue restait près d'elle et finissait, avec l'autorisation de Maigret, par lui faire une piqûre
sédative.

Fabre accourait, trouvait la police chez son
beau-père, celui-ci mort dans son fauteuil.

« Et pourtant, pensait Maigret en s'assoupissant, c'est sa femme qui m'a parlé de l'automatique... »

Si Véronique n'avait pas ouvert le tiroir, de propos délibéré, en sachant ce qu'elle cherchait, personne, sans doute, n'aurait soupçonné l'existence de l'arme.

Or, cela n'éliminait-il pas la possibilité d'un crime commis par un étranger?

Fabre prétendait avoir entendu son beau-père mettre la chaîne à la porte après l'avoir reconduit, à dix heures et quart.

Josselin avait donc ouvert en personne à son meurtrier. Il ne s'en était pas méfié, puisqu'il était allé reprendre sa place dans son fauteuil.

Si la fenêtre était ouverte à ce moment-là, comme cela semblait probable, quelqu'un l'avait refermée, Josselin ou son visiteur.

Et si le browning était bien l'arme du crime, l'assassin en connaissait l'existence à cet endroit précis et avait pu s'en saisir sans éveiller la suspicion.

En supposant un homme venu du dehors, comment était-il sorti de l'immeuble?

Maigret finit par s'endormir d'un mauvais sommeil pendant lequel il ne cessa de se tourner et de se retourner lourdement et ce fut un soulagement de sentir l'odeur du café, d'entendre la voix de Mme Maigret, de voir devant lui la fenêtre ouverte sur des toits ensoleillés.

— Il est neuf heures...

En un instant, il retrouvait l'affaire dans ses

moindres détails, comme s'il n'y avait pas eu de
coupure.

— Passe-moi l'annuaire des téléphones...

Il chercha le numéro des Josselin, le composa,
entendit assez longtemps la sonnerie, puis enfin une voix qu'il ne connaissait pas.

— Je suis bien chez M. René Josselin?

— Il est mort.

— Qui est à l'appareil?

— Mme Manu, la femme de ménage.

— Est-ce que Mme Fabre est encore là?

— Qui est-ce qui parle?

— Le commissaire Maigret, de la Police Judiciaire. J'étais là-bas cette nuit...

— La jeune madame vient de partir pour aller
se changer.

— Et Mme Josselin?

— Elle dort toujours. On lui a donné une dro-
gue et il paraît qu'elle ne s'éveillera pas avant
que sa fille revienne.

— Il n'est venu personne?

— Personne. Je suis occupée à mettre de l'ordre. Je ne me doutais pas, en arrivant ce matin...

— Je vous remercie...

Mme Maigret ne lui posait pas de questions
et il se contenta de lui dire :

— Un brave homme qui s'est fait tuer Dieu
sait pourquoi...

Il revoyait Josselin dans son fauteuil. Il s'efforçait de le voir non pas mort, mais vivant.

Etait-il vraiment resté seul devant l'échiquier et, pendant un certain temps, avait-il continué la partie, poussant tantôt les pions noirs et tantôt les blancs?

S'il attendait quelqu'un... Sachant que son gendre viendrait passer la soirée avec lui, il n'avait pas dû donner un rendez-vous secret. Ou alors...

Il aurait fallu croire que le coup de téléphone appelant le Dr Fabre rue Julie...

— Ce sont les braves gens qui nous donnent le plus de mal, grommela-t-il en finissant son petit déjeuner et en se dirigeant vers la salle de bains.

Il ne passa pas au Quai tout de suite, se contentant de téléphoner pour s'assurer qu'on n'avait pas besoin de lui.

— Rue du Saint-Gothard... lança-t-il au chauffeur du taxi.

C'était du côté de René Josselin qu'il cherchait d'abord. Josselin était la victime, certes. Mais on ne tue pas un homme sans raison.

Paris continuait à sentir les vacances. Ce n'était plus le Paris vide du mois d'août mais il restait comme une paresse dans l'air, une hésitation à reprendre la vie de tous les jours. S'il avait plu, s'il avait fait froid, cela aurait été plus facile. Cette année, l'été ne se décidait pas à mourir.

Le chauffeur se retournait en quittant la rue Dareau, près du talus du chemin de fer.

— Quel numéro?

— Je ne sais pas. C'est une entreprise de cartonnerie...

Un nouveau virage et ils apercevaient un
grand immeuble en béton aux fenêtres sans rideaux. Sur toute la longueur de la façade, on
lisait :

Anciens établissements Josselin
Jouane et Goulet, successeurs.

— Je vous attends?

— Oui.

Il y avait deux portes, celle des ateliers et,
plus loin, la porte des bureaux par laquelle Maigret pénétra dans des locaux très modernes.

— Vous désirez?

Une jeune fille passait la tête par un guichet
et le regardait assez curieusement. Il est vrai
que Maigret avait sa mine renfrognée des débuts d'enquête et qu'il regardait lentement autour de lui avec l'air de se livrer à un inventaire
des lieux.

— Qui est-ce qui dirige la maison?

— MM. Jouane et Goulet... répondait-elle
comme si c'était une évidence.

— Je sais. Mais lequel des deux est le princi-
pal?

— Cela dépend. M. Jouane s'occupe surtout
de la partie artistique, M. Goulet de la fabrica-
tion et de la partie commerciale.

— Ils sont tous les deux ici?

— M. Goulet est encore en vacances. Qu'est-
ce que vous désirez?

— Voir M. Jouane.

— De la part de qui?

— Du commissaire Maigret.

— Vous avez rendez-vous?

— Non.

— Un moment...

Elle alla parler, au fond de son cagibi vitré,
à une jeune fille en blouse blanche qui, après
un coup d'œil curieux au visiteur, sortit de la
pièce.

— On va le chercher. Il est dans les ateliers.

Maigret entendait des bruits de machines et,
quand une porte latérale s'ouvrit, il entrevit un
hall assez vaste où d'autres jeunes filles, d'autres femmes en blanc travaillaient par rangées,
comme si le travail s'effectuait à la chaîne.

— Vous me demandez?

L'homme devait avoir quarante-cinq ans. Il
était grand, le visage ouvert, et il portait, lui
aussi, une blouse blanche qui, déboutonnée, laissait voir un complet bien coupé.

— Si vous voulez me suivre...

Ils gravissaient un escalier de chêne clair, découvraient, derrière une vitre, une demi-douzaine de dessinateurs penchés sur leur travail.

Une porte encore et c'était un bureau enso-
leillé, une secrétaire, dans un coin, qui tapait
à la machine.

— Laissez-nous, mademoiselle Blanche.

Il désignait un siège à Maigret, s'asseyait derrière son bureau, surpris, un peu anxieux.

— Je me demande... commençait-il.

— Vous êtes au courant de la mort de M. Josselin?

— Que dites-vous? M. Josselin est mort? Quand cela s'est-il produit? Il est rentré de vacances?

— Vous ne l'avez pas revu depuis son retour de La Baule?

— Non. Il n'est pas encore venu nous voir. Il a eu une attaque?

— Il a été assassiné.

— Lui?

On sentait que Jouane avait de la peine à y croire.

— Ce n'est pas possible. Qui aurait...

— Il a été abattu chez lui, hier au soir, de deux balles de revolver...

— Par qui?

— C'est ce que j'essaie de découvrir, monsieur Jouane.

— Sa femme n'était pas avec lui?

— Elle était au théâtre en compagnie de sa fille.

Jouane baissait la tête, visiblement choqué.

— Pauvre homme... C'est tellement invraisemblable...

Et la révolte pointait.

— Mais qui a pu avoir intérêt... Ecoutez,

monsieur le commissaire... Vous ne le connaissiez pas... C'était le meilleur homme du monde...
Il a été un père pour moi, mieux qu'un père...
Quand je suis entré ici, j'avais seize ans et je
ne savais rien... Mon père venait de mourir...
Ma mère faisait des ménages... J'ai débuté
comme garçon de courses, avec un triporteur...
C'est M. Josselin qui m'a tout appris... C'est
lui, plus tard, qui m'a nommé chef de service...
Et, quand il a décidé de se retirer des affaires,
il nous a fait venir dans son bureau, Goulet et
moi... Goulet, lui, avait commencé par travailler aux machines...

» Il nous a annoncé que son médecin lui con-
seillait de travailler moins et il nous a déclaré
qu'il en était incapable... Venir ici deux ou trois
heures par jour, en amateur, n'était pas possible
pour un homme comme lui, qui avait l'habitude
de s'occuper de tout et qui, presque chaque soir,
restait à travailler longtemps après la fermeture
de l'atelier...

— Vous avez eu peur de voir un étranger devenir votre patron?

— Je l'avoue. Pour Goulet et pour moi, c'était
une véritable catastrophe et nous nous regar-
dions, atterrés, pendant que M. Josselin souriait
d'un sourire malicieux... Vous savez ce qu'il a
fait?

— On m'en a parlé cette nuit.

— Qui?

— Son médecin.

— Certes, nous avions tous les deux quelques
économies, mais pas de quoi racheter une maison comme celle-ci... M. Josselin a fait venir son
notaire et ils ont trouvé un moyen de nous céder
l'affaire en échelonnant les payements sur une
longue période... Une période qui, bien entendu,
est loin d'être finie... A vrai dire, pendant près
de vingt ans encore...

— Il venait quand même ici de temps en
temps?

— Il nous rendait visite discrètement, comme
s'il craignait de nous gêner. Il s'assurait que
tout allait bien, que nous étions contents et,
quand il nous arrivait de lui demander un con-
seil, il le donnait comme quelqu'un qui n'y a
aucun droit...

— Vous ne lui connaissez pas d'ennemi?

— Aucun! Ce n'était pas l'homme à se faire
des ennemis. Tout le monde l'aimait. Entrez
dans les bureaux, à l'atelier, demandez à n'importe qui ce qu'il pensait de lui...

— Vous êtes marié, monsieur Jouane?

— Je suis marié, j'ai trois enfants et nous ha-
bitons, près de Versailles, un pavillon que j'ai
fait construire...

Lui aussi était un brave homme! Est-ce que
Maigret, dans cette affaire, n'allait rencontrer
que des braves gens? Il en était presque irrité
car, après tout, il y avait un mort d'un côté et,
de l'autre, un homme qui, par deux fois, avait
tiré sur René Josselin.

— Vous alliez souvent rue Notre-Dame-des-Champs?

— J'y suis allé quatre ou cinq fois en tout... Non! J'oublie qu'il y a cinq ans, quand M. Josselin a eu une forte grippe, j'allais chaque matin lui porter le courrier et prendre ses instructions...

— Il vous est arrivé d'y dîner, d'y déjeuner?

— Nous y avons dîné avec Goulet et nos femmes le soir de la signature de l'acte, lorsque M. Josselin nous a remis l'affaire...

— Quel homme est Goulet?

— Un technicien, un bûcheur.

— Quel âge?

— A peu près le même âge que moi. Nous sommes entrés dans la maison à un an d'intervalle.

— Où est-il en ce moment?

— A l'île de Ré, avec sa femme et ses enfants.

— Il en a combien?

— Trois, comme moi.

— Que pensez-vous de Mme Josselin?

— Je la connais peu. Elle m'a l'air d'une excellente femme. Pas du même genre que son mari.

— Que voulez-vous dire?

— Qu'elle est un peu plus fière...

— Et leur fille?

— Elle passait parfois voir son père au bureau, mais nous avions peu de contacts avec elle.

— Je suppose que la mort de René Josselin ne change rien à vos arrangements financiers?

— Je n'y ai pas encore pensé... Attendez...
Non... Il n'y a aucune raison... Au lieu de lui
verser directement les sommes qui lui revenaient,
nous les verserons à ses héritiers... A Mme Josselin, je suppose...

— Ces sommes sont importantes?

— Cela dépend des années, car l'arrangement comporte une participation aux bénéfi-
ces... En tout cas, il y a de quoi vivre très largement...

— Considérez-vous que les Josselin vivaient
largement?

— Ils vivaient bien. Ils avaient un bel appartement, une voiture, une villa à La Baule...

— Mais ils auraient pu mener plus grand
train?

Jouane réfléchissait.

— Oui... Sans doute...

— Josselin était avare?

— Il n'aurait pas pensé à l'arrangement qu'il
nous a proposé, à Goulet et à moi, s'il avait
été avare... Non... Voyez-vous, je pense qu'il
vivait comme il avait envie de vivre... Il n'avait
pas des goûts dispendieux... Il préférait sa
tranquillité à toute autre chose...

— Et Mme Josselin?

— Elle aime s'occuper de sa maison, de sa
fille, maintenant de ses petits-enfants...

— Comment les Josselin ont-ils accueilli le
mariage de leur fille?

— Il m'est difficile de vous en parler... Ces

choses-là ne se passaient pas ici, mais rue Notre-
Dame-des-Champs... Il est certain que M. Josselin adorait Mlle Véronique et que cela a été
dur pour lui de se séparer d'elle... J'ai une fille
aussi... Elle a douze ans... Je vous avoue que
j'appréhende le moment où un inconnu me la
prendra et où elle ne portera même plus mon
nom... Je suppose qu'il en est ainsi pour tous les
pères?...

— Le fait que son gendre était sans fortune...

— A lui, cela aura plutôt fait plaisir...

— Et à Mme Josselin?

— Je n'en suis pas si sûr... L'idée que sa fille
épouse le fils d'un facteur...

— Le père de Fabre est facteur...

— A Melun ou dans un village des environs...
Je vous dis ce que j'en sais... Il paraît qu'il a
fait toutes ses études à coups de bourses... On
prétend aussi que, s'il le voulait, il serait bientôt un des plus jeunes professeurs de la Faculté
de Médecine...

— Encore une question, monsieur Jouane. Je
crains qu'elle vous choque, après ce que vous
venez de me dire. Est-ce que M. Josselin avait
une ou des maîtresses? Est-ce qu'il s'intéressait
aux femmes?

Au moment où il ouvrait la bouche, Maigret
l'interrompit.

— Je suppose que, depuis que vous êtes marié,
il vous est arrivé de coucher avec une autre
femme que la vôtre?

— Cela m'est arrivé, oui. En évitant cependant toute liaison. Vous comprenez ce que je veux dire? Je ne voudrais pas risquer le bonheur de notre ménage...

— Vous avez beaucoup de jeunes femmes qui travaillent autour de vous...

— Pas celles-là. Jamais. C'est une question de principe. En outre, ce serait dangereux...

— Je vous remercie de votre franchise. Vous vous considérez comme un homme normal. René Josselin était un homme normal aussi. Il s'est marié tard, vers l'âge de trente-cinq ans...

— Je comprends ce que vous voulez dire... J'essaie d'imaginer M. Josselin dans cette situation-là... Je n'y parviens pas... Je ne sais pas pourquoi... Je sais que c'était un homme comme un autre... Et pourtant...

— Vous ne lui avez connu aucune aventure?

— Aucune... Je ne l'ai jamais vu non plus regarder une de nos ouvrières d'une certaine façon, bien qu'il y en ait de très jolies... Plusieurs ont même dû essayer, comme elles ont essayé avec moi... Non! monsieur le commissaire, je ne pense pas que vous trouviez quelque chose de ce côté-là...

Il questionna soudain :

— Comment cela se fait-il qu'on n'en parle pas dans le journal?

— La presse en parlera cet après-midi...

Maigret se levait en soupirant.

— Je vous remercie, monsieur Jouane. S'il

vous revenait un détail qui puisse me servir,
téléphonez-moi...

— Pour moi, c'est un crime inexplicable...

Maigret faillit grommeler :

— Pour moi aussi.

Seulement, il savait, lui, qu'il n'existe pas de
crimes inexplicables. On ne tue pas sans une
raison majeure.

Il n'aurait pas fallu le pousser beaucoup pour
qu'il ajoute :

— On ne tue pas n'importe qui.

Car son expérience lui avait appris qu'il existe
une sorte de vocation de victime.

— Vous savez quand aura lieu l'enterrement?

— Le corps ne sera rendu à la famille qu'après
l'autopsie.

— Elle n'a pas encore eu lieu?

— Elle doit être en train en ce moment.

— Il faut que je téléphone tout de suite à Goulet... Il ne devait rentrer que la semaine pro-
chaine...

Maigret fit un petit salut, en passant, à la
jeune fille dans sa cage vitrée et il se demanda
pourquoi elle le regardait en se retenant de
pouffer.

3

La rue était calme, provinciale, avec du soleil d'un côté, de l'ombre de l'autre, deux chiens qui se reniflaient au milieu de la chaussée et, derrière les fenêtres ouvertes, des femmes qui vaquaient à leur ménage. Trois Petites Sœurs des Pauvres, avec leur large jupe et les ailes de leur cornette qui frémissaient comme des oiseaux se dirigeaient vers le jardin du Luxembourg et Maigret les regardait de loin sans penser à rien. Puis il fronçait les sourcils en apercevant, devant la maison des Josselin, un gardien de la paix en uniforme aux prises avec une demi-douzaine de reporters et de photographes.

Il y était habitué. Il devait s'y attendre. Il venait d'annoncer à Jouane que les journaux de l'après-midi parleraient sûrement de l'affaire.

René Josselin avait été assassiné et les gens assassinés appartiennent automatiquement au domaine public. Dans quelques heures, la vie intime d'une famille serait exposée avec tous ses détails, vrais ou faux, et chacun aurait le droit d'émettre des hypothèses.

Pourquoi cela le choquait-il tout à coup? Cela l'irritait d'en être choqué. Il avait l'impression de se laisser prendre par l'atmosphère bourgeoise, presque édifiante qui entourait ces gens-là, des « braves gens », comme chacun le lui répétait.

Les photographes opérèrent tandis qu'il descendait de taxi. Les reporters l'entourèrent alors qu'il payait le chauffeur.

— Quelle est votre opinion, commissaire?

Il les écartait du geste en murmurant :

— Quand j'aurai quelque chose à vous dire, je vous convoquerai. Il y a là-haut des femmes qui souffrent et il serait plus décent de les laisser en paix.

Or, lui-même n'allait pas les laisser en paix. Il saluait l'homme en uniforme, entrait dans l'immeuble qu'il voyait pour la première fois en plein jour et qui était très gai, très clair.

Il allait passer devant la loge, où un rideau de tulle blanc était tendu derrière la porte vitrée, quand il se ravisa, frappa à la vitre, tourna le bouton.

Comme dans les maisons des beaux quartiers, la

loge était une sorte de petit salon aux meubles as-
tiqués. Une voix questionnait :

— Qui est-ce ?

— Commissaire Maigret.

— Entrez, monsieur le commissaire.

La voix venait d'une cuisine aux murs peints
en blanc où la concierge, les bras nus jusqu'aux
coudes, un tablier blanc sur sa robe noire, était
occupée à stériliser des biberons.

Elle était jeune, avenante, et sa silhouette gardait le moelleux de sa récente maternité. Dési-
gnant une porte, elle prononçait à mi-voix :

— Ne parlez pas trop fort. Mon mari dort...

Maigret se souvenait que le mari était gardien
de la paix et qu'il était de service la nuit précédente.

— Depuis ce matin, je suis assaillie par les
journalistes et plusieurs sont montés là-haut en
profitant de ce que j'avais le dos tourné. Mon
mari a fini par avertir le commissariat, qui a envoyé un de ses collègues...

Le bébé dormait dans un berceau d'osier garni
de volants jaunes.

— Vous avez du nouveau ? questionnait-elle.

Il faisait un signe négatif de la tête.

— Je suppose que vous êtes sûre de vous,
n'est-ce pas ? demandait-il à son tour d'une voix
feutrée. Personne n'est sorti, hier au soir, après
le départ du Dr Fabre ?

— Personne, monsieur le commissaire. Je l'ai
répété tout à l'heure à un de vos hommes, un

gros, au visage sanguin, l'inspecteur Torrence, je
crois. Il a passé plus d'une heure dans l'immeuble, à questionner les locataires. Il n'y en a pas
beaucoup en ce moment. Certains sont encore
en vacances. Les Tupler ne sont pas revenus des
Etats-Unis. La maison est à moitié vide...

— Il y a longtemps que vous travaillez ici?

— Six ans. J'ai pris la place d'une de mes
tantes qui a passé quarante ans dans l'immeuble.

— Les Josselin recevaient beaucoup?

— Pour ainsi dire pas. Ce sont des gens tran-
quilles, aimables avec tout le monde, qui mènent
une vie très régulière. Le Dr Larue et sa femme
venaient dîner de temps en temps. Les Josselin allaient dîner chez eux aussi...

Comme les Maigret et les Pardon. Maigret se
demandait s'ils avaient également un jour fixe.

— Le matin, vers neuf heures, pendant que
Mme Manu faisait le ménage, M. Josselin descendait pour sa promenade. C'était si régulier
que j'aurais pu régler l'horloge en le voyant
passer. Il entrait dans la loge, me disait quelques
mots sur le temps, prenait son courrier qu'il glissait dans sa poche après avoir jeté un coup d'œil
sur les enveloppes et se dirigeait lentement vers
le jardin du Luxembourg. Il marchait toujours
d'un même pas...

— Il recevait beaucoup de courrier?

— Assez peu. Plus tard, vers dix heures, alors
qu'il était encore dehors, sa femme descendait à

son tour, tirée à quatre épingles, même pour
faire son marché. Je ne l'ai jamais vue sortir
sans chapeau.

— A quelle heure son mari rentrait-il?

— Cela dépendait du temps. S'il faisait beau,
il ne revenait guère avant onze heures et demie
ou midi. Quand il pleuvait, il restait moins longtemps mais il faisait sa promenade quand même.

— Et l'après-midi?

Elle avait fini de reboucher les biberons qu'elle
rangeait dans le réfrigérateur.

— Il leur arrivait de sortir tous les deux, pas
plus d'une fois ou deux par semaine. Mme Fabre
venait aussi les voir. Avant la naissance de son
second enfant, il lui arrivait d'amener l'aîné avec
elle.

— Elle s'entendait bien avec sa mère?

— Je crois, oui. Elles allaient au théâtre ensemble, comme c'est arrivé hier.

— Vous n'avez pas remarqué, ces derniers
temps, dans le courrier, des lettres d'une écriture
différente des lettres habituelles?

— Non.

— Personne n'est venu demander M. Josselin,
quand il était seul dans l'appartement, par
exemple?

— Non plus. J'ai pensé à tout cela, cette nuit,
me doutant que vous me poseriez ces questions.
Voyez-vous, monsieur le commissaire, ce sont
des gens sur lesquels il n'y a rien à dire…

— Ils ne fréquentaient pas d'autres locataires?

— Pas à ma connaissance. A Paris, c'est rare que les locataires d'un immeuble se connaissent, sauf dans les quartiers populeux. Chacun mène sa vie sans savoir qui est son voisin de palier.

— Mme Fabre est revenue?

— Il y a quelques minutes...

— Je vous remercie.

L'ascenseur s'arrêta au troisième, où il y avait deux portes avec, devant chacune, un large paillasson bordé de rouge. Il sonna à celle de gauche, entendit des pas feutrés et, après une sorte d'hésitation, le battant bougea, une fente claire se dessina, étroite, car on n'avait pas retiré la chaîne.

— Qu'est-ce que c'est? questionnait une voix peu amène.

— Commissaire Maigret.

Un visage aux traits accusés, celui d'une femme d'une cinquantaine d'années, se pencha pour examiner le visiteur avec méfiance.

— Bon! Je vous crois! Il y a eu tant de journalistes ce matin...

La chaîne fut retirée et Maigret découvrit l'appartement tel qu'il était d'habitude, avec chaque objet à sa place, du soleil qui entrait par les deux fenêtres.

— Si c'est Mme Josselin que vous désirez voir...

On l'avait introduit au salon, où il n'y avait plus trace des événements et du désordre de la nuit. Une porte s'ouvrait tout de suite et Véro-

nique, vêtue d'un tailleur bleu marine, fit deux
pas dans la pièce.

Elle était visiblement fatiguée et Maigret retrouvait dans son regard une espèce de flotte-
ment, de quête. Son regard, quand il se fixait
sur les objets ou sur le visage de son visiteur,
avait l'air de chercher un appui, ou la réponse
à une question.

— Vous n'avez rien trouvé? murmurait-elle sans
espoir.

— Comment va votre mère?

— Je viens seulement de rentrer. Je suis allée
voir mes enfants et me changer. Je crois vous
l'avoir dit au téléphone. Je ne sais plus. Je ne
sais plus où j'en suis. Maman a dormi. Quand
elle s'est éveillée, elle n'a pas parlé. Elle a bu
une tasse de café, mais a refusé de manger. Je
voulais qu'elle reste couchée. Je ne suis pas par-
venue à la convaincre et elle est en train de s'habiller.

Elle regardait à nouveau autour d'elle, évitant
le fauteuil où son père était mort. Les échecs
n'étaient plus sur le guéridon. Un cigare à moitié fumé, que Maigret avait remarqué, la nuit,
dans un cendrier, avait disparu.

— Votre mère n'a absolument rien dit?

— Elle me répond par oui ou par non. Elle
a toute sa lucidité. Il semble qu'elle ne pense
qu'à une chose. C'est elle que vous êtes venu
voir?

— Si c'est possible...

— Elle sera prête dans quelques minutes. Ne la tourmentez pas trop, je vous le demande en grâce. Tout le monde la prend pour une femme calme, parce qu'elle a l'habitude de se dominer. Je sais, moi, qu'elle est d'une nervosité maladive. Seulement, elle ne s'extériorise pas...

— Vous l'avez souvent vue sous le coup d'une forte émotion?

— Cela dépend de ce que vous appelez forte. Quand j'étais enfant, par exemple, il m'arrivait, comme à tous les enfants, de l'exaspérer. Au lieu de me donner une gifle, ou de se mettre en colère, elle devenait pâle et on aurait dit qu'elle était incapable de parler. Dans ces cas-là, presque toujours, elle allait s'enfermer dans sa chambre et cela me faisait très peur...

— Et votre père?

— Mon père ne se mettait jamais en colère. Sa riposte, à lui, était de sourire avec l'air de se moquer de moi...

— Votre mari est à l'hôpital?

— Depuis sept heures, ce matin. J'ai laissé mes enfants avec la bonne, n'osant pas les amener avec moi. J'ignore comment nous allons nous y prendre. Je n'aime pas laisser maman seule dans l'appartement. Chez nous, il n'y a pas de place, et d'ailleurs, elle refuserait d'y venir...

— La femme de ménage, Mme Manu, ne peut pas passer la nuit ici?

— Non! Elle a un grand fils de vingt-quatre ans qui se montre plus exigeant qu'un mari et se

met en colère quand elle a le malheur de ne pas
rentrer à l'heure... Il faut que nous trouvions
quelqu'un, peut-être une infirmière... Maman
protestera... Bien entendu, je passerai ici tout le
temps que je pourrai...

Les traits réguliers sous des cheveux d'un
blond roux, elle n'était pas particulièrement jolie,
car elle manquait d'éclat.

— Je crois que j'entends maman...

La porte s'ouvrait en effet et Maigret était surpris de voir devant lui une femme encore très
jeune d'aspect. Il savait qu'elle avait quinze ans
de moins que son mari mais, dans son esprit, il
s'attendait néanmoins à trouver une grand-mère.

Or, sa silhouette, dans une robe noire très simple, était plus jeune que celle de sa fille. Elle
avait les cheveux bruns, les yeux presque noirs
et brillants. Malgré le drame, malgré son état,
elle était maquillée avec soin et pas un détail
ne clochait dans sa toilette.

— Commissaire Maigret... se présenta-t-il.

Elle battit des paupières, regarda autour
d'elle, finit par regarder sa fille qui murmura
tout de suite :

— Vous préférez peut-être que je vous laisse?

Maigret ne dit ni oui, ni non. La mère ne la
retint pas. Véronique sortit sans bruit. Toutes
les allées et venues, dans l'appartement, étaient
feutrées par l'épaisse moquette que recouvraient,
par-ci par-là, des tapis anciens.

— Asseyez-vous... disait la veuve de René Jos-

selin en restant debout près du fauteuil de son
mari.

Maigret hésita, finit par le faire et son interlocutrice alla s'asseoir dans son fauteuil à elle,
près de la table à ouvrage. Elle se tenait très
droite, sans s'appuyer au dossier, comme les
femmes qui ont été élevées au couvent. Sa bouche était mince, sans doute à cause de l'âge,
ses mains maigres mais encore belles.

— Je m'excuse d'être ici, madame Josselin, et
j'avoue que je ne sais quelles questions vous poser. Je me rends compte de votre désarroi, de
votre chagrin.

Elle le regardait de ses prunelles fixes, sans
broncher, au point qu'il se demandait si elle entendait ses paroles ou si elle suivait son mono-
logue intérieur.

— Votre mari a été victime d'un crime qui paraît inexplicable et je suis obligé de ne rien né-
gliger de ce qui pourrait me mettre sur une piste.

La tête bougea légèrement, de haut en bas,
comme si elle approuvait.

— Vous étiez au théâtre de la Madeleine, hier,
avec votre fille. Il est vraisemblable que la personne qui a tué votre mari savait le trouver
seul. Quand cette sortie a-t-elle été décidée?

Elle répondit du bout des lèvres :

— Il y a trois ou quatre jours. Je pense que
c'était samedi ou dimanche.

— Qui en a eu l'idée?

— C'est moi. J'étais curieuse de cette pièce
dont les journaux ont beaucoup parlé.

Il était surpris, sachant dans quel état elle était
encore à quatre heures du matin, de la voir répondre avec tant de calme et de précision.

— Nous avons discuté de cette soirée avec ma
fille et elle a téléphoné à son mari pour lui demander s'il nous accompagnerait.

— Il vous arrivait de sortir tous les trois?

— Rarement. Mon gendre ne s'intéresse qu'à
la médecine et à ses malades.

— Et votre mari?

— Nous allions parfois, lui et moi, au cinéma
ou au music-hall. Il aimait beaucoup le music-
hall.

La voix était sans timbre, sans chaleur. Elle
récitait, le regard toujours fixé sur le visage de
Maigret comme sur celui d'un examinateur.

— Vous avez retenu vos places par téléphone?

— Oui. Les fauteuils 97 et 99. Je m'en souviens, car j'insiste toujours pour être en bordure
de l'allée centrale.

— Qui savait que vous vous absenteriez ce
soir-là?

— Mon mari, mon gendre et la femme de ménage.

— Personne d'autre?

— Mon coiffeur, car je suis passée chez lui
dans l'après-midi.

— Votre mari fumait?

Maigret sautait d'une idée à l'autre et il venait de se souvenir du cigare dans le cendrier.

— Peu. Un cigare après chaque repas. Parfois il en fumait un en faisant sa promenade du matin.

— Excusez cette question ridicule : vous ne lui connaissez pas d'ennemis?

Elle ne se répandait pas en protestations, laissait simplement tomber :

— Non.

— Il ne vous a jamais donné l'impression de cacher quelque chose, une partie plus ou moins secrète de sa vie?

— Non.

— Qu'avez-vous pensé, hier au soir, en le trouvant mort à votre retour?

Elle eut l'air d'avaler sa salive et prononça :

— Qu'il était mort.

Son visage était devenu plus dur, plus figé encore et Maigret crut un instant que les yeux allaient s'embuer.

— Vous ne vous êtes pas demandé qui l'avait tué?

Il crut sentir une hésitation à peine perceptible.

— Non.

— Pourquoi n'avez-vous pas téléphoné tout de suite à la police?

Elle ne répondait pas immédiatement et son regard se détournait un instant du commissaire.

— Je ne sais pas.

— Vous avez d'abord appelé votre gendre?

— Je n'ai appelé personne. C'est Véronique qui
a téléphoné chez elle, inquiète de ne pas voir
son mari ici.

— Elle n'a pas été surprise de ne pas le trouver chez lui non plus?

— Je ne sais pas.

— Qui a pensé au Dr Larue?

— Je crois que c'est moi. Nous avions besoin
de quelqu'un pour s'occuper de ce qu'il y avait
à faire.

— Vous n'avez aucun soupçon, madame Josselin?

— Aucun.

— Pourquoi vous êtes-vous levée, ce matin?

— Parce que je n'avais aucune raison de rester
au lit.

— Vous êtes sûre que rien n'a disparu dans la
maison?

— Ma fille s'en est assurée. Elle connaît la
place des choses aussi bien que moi. A part le
revolver...

— Quand l'avez-vous vu pour la dernière fois?

— Il y a quelques jours, je ne sais pas au
juste.

— Vous saviez qu'il était chargé?

— Oui. Mon mari a toujours eu un revolver
chargé dans la maison. Au début de notre mariage, il le gardait dans le tiroir de sa table de
nuit. Puis, par crainte que Véronique n'y touche,
et comme aucun meuble ne ferme à clef dans
la chambre, il l'a rangé dans le salon. Pendant

longtemps, ce tiroir-là est resté fermé. Maintenant que Véronique est une grande personne et
qu'elle est mariée...

— Votre mari avait l'air de craindre quelque
chose?

— Non.

— Il gardait beaucoup d'argent chez lui?

— Très peu. Nous payons presque tout par
chèque.

— Il ne vous est jamais arrivé, en rentrant,
de trouver ici, avec votre mari, quelqu'un que
vous ne connaissiez pas?

— Non.

— Vous n'avez jamais rencontré non plus votre
mari avec une personne étrangère?

— Non, monsieur le commissaire.

— Je vous remercie...

Il avait chaud. Il venait de mener un des in-
terrogatoires les plus pénibles de sa carrière.
C'était un peu comme de lancer une balle qui ne
rebondit pas. Il avait l'impression que ses questions ne touchaient aucun point sensible, qu'elles
s'arrêtaient à la surface, et les réponses qui lui
revenaient en échange étaient neutres, sans vie.

Elle n'avait éludé aucune de ces questions, mais
elle n'avait pas prononcé non plus une phrase
personnelle.

Elle ne se levait pas pour lui donner congé.
Elle restait toujours aussi droite dans son fauteuil, et il était incapable de lire quoi que ce fût
dans ses yeux pourtant extrêmement vivants.

— Je vous demande pardon de cette intrusion.

Elle ne protestait pas, attendait qu'il soit debout pour se lever à son tour, puis qu'il se dirige gauchement vers la porte pour le suivre.

— Si une idée vous venait, un souvenir, un soupçon quelconque...

Elle répondait une fois de plus d'un battement de paupières.

— Un sergent de ville monte la garde à la porte et j'espère que vous ne serez pas importunée par les journalistes...

— Mme Manu m'a dit qu'ils étaient déjà venus...

— Il y a longtemps que vous la connaissez?

— Environ six mois.

— Elle possède une clef de l'appartement?

— Je lui en ai fait faire une, oui.

— En dehors d'elle, qui avait la clef?

— Mon mari et moi. Notre fille aussi. Elle a toujours gardé la clef qu'elle avait quand elle était jeune fille.

— C'est tout?

— Oui. Il existe une cinquième clef, que j'appelle la clef de secours et que je garde dans ma coiffeuse.

— Elle y est toujours?

— Je viens encore de l'y voir.

— Puis-je poser une question à votre fille?

Elle alla ouvrir une porte, disparut un instant, revint avec Véronique Fabre qui les regarda tour à tour.

— Votre mère me dit que vous avez conservé une clef de l'appartement. Je voudrais m'assurer que vous l'avez encore...

Elle se dirigea vers une commode sur laquelle elle prit un sac à main en cuir bleu, l'ouvrit et en sortit une petite clef plate.

— Vous l'aviez avec vous hier au théâtre?

— Non. J'avais emporté un sac du soir, beaucoup plus petit que celui-ci, et je n'y avais presque rien mis.

— De sorte que votre clef était restée dans votre appartement, boulevard Brune?

C'était tout. Il ne voyait plus de questions qu'il pût décemment poser. Il avait hâte, d'ailleurs, de sortir de cet univers feutré où il se sentait mal à l'aise.

— Je vous remercie...

Il descendait l'escalier à pied pour se dégourdir les jambes et, dès le premier tournant, se détendit d'un profond soupir. Les journalistes n'étaient plus sur le trottoir, que l'agent arpentait à grands pas lents, mais au comptoir d'un bougnat, en face, et ils se précipitèrent.

— Vous avez interrogé les deux femmes?

Il les regardait un peu à la façon de la veuve, comme s'il ne voyait pas leurs visages mais comme s'il voyait à travers eux.

— C'est vrai que Mme Josselin est malade et refuse de répondre?

— Je n'ai rien à vous dire, messieurs...

— Quand est-ce que vous espérez...

Il fit un geste vague et se dirigea vers le boulevard Raspail à la recherche d'un taxi. Comme les journalistes ne l'avaient pas suivi mais avaient repris leur garde, il en profita pour entrer dans le même petit bar que la nuit précédente et il but un demi.

Il était près de midi quand il entra dans son bureau du Quai des Orfèvres. Un moment plus tard, il entrouvrait la porte du bureau des inspecteurs, apercevait Lapointe en compagnie de Torrence.

— Venez chez moi, tous les deux...

Il s'assit lourdement à son bureau, choisit la plus grosse de ses pipes qu'il bourra.

— Qu'est-ce que tu as fait, toi? demanda-t-il d'abord au jeune Lapointe.

— Je suis allé rue Julie pour les vérifications. J'ai questionné les trois concierges. Toutes les trois confirment que quelqu'un est venu, hier soir, demander s'il y avait un enfant malade dans la maison. L'une d'elles s'est méfiée, trouvant que l'homme n'avait pas l'air d'un vrai médecin et qu'il marquait plutôt mal. Elle a failli alerter la police.

— Quelle heure était-il?

— Entre dix heures et demie et onze heures...

— Et à l'hôpital?

— Cela a été plus difficile. Je suis arrivé en pleine bousculade. C'est l'heure où le professeur et les médecins font la tournée des salles. Tout le monde est sur les dents. J'ai aperçu le Dr Fabre, de loin, et je suis sûr qu'il m'a reconnu.

— Il n'a pas réagi?

— Non. Ils étaient plusieurs, en blouse blanche, le calot sur la tête, à suivre le grand patron.

— Cela lui arrive souvent de passer, le soir, aux Enfants Malades?

— Il paraît que cela leur arrive à tous, soit quand ils ont une urgence, soit quand ils suivent un cas important. C'est le Dr Fabre qu'on voit le plus souvent. J'ai pu attraper deux ou trois infirmières au vol. Elles parlent toutes de lui de la même manière. On le considère, là-bas, comme une sorte de saint...

— Il est resté tout le temps au chevet de son petit malade?

— Non. Il est entré dans plusieurs salles et a bavardé assez longtemps avec un interne...

— Ils sont déjà au courant, à l'hôpital?

— Je ne crois pas. On me regardait de travers. Surtout une jeune femme qui doit être plus qu'infirmière, une assistante, je suppose, et qui m'a dit avec colère :

— Si vous avez des questions indiscrètes à poser, posez-les au Dr Fabre lui-même...

— Le médecin légiste n'a pas téléphoné?

C'était l'habitude, après une autopsie, de donner un coup de fil Quai des Orfèvres en attendant d'envoyer le rapport officiel, qui prenait toujours un certain temps à établir.

— Il a recueilli les deux balles. L'une était

logée dans l'aorte et aurait suffi à provoquer la
mort.

— A quelle heure pense-t-il que celle-ci a eu
lieu?

— Autant qu'il en peut juger, entre neuf
heures et onze heures environ. Le Dr Ledent
voudrait savoir, pour être plus précis, à quelle
heure Josselin a pris son dernier repas.

— Tu téléphoneras à la femme de ménage
pour lui demander ce renseignement et tu trans-
mettras la réponse.

Pendant ce temps, le gros Torrence, campé
devant la fenêtre, regardait les bateaux passer
sur la Seine.

— Qu'est-ce que je fais? questionnait Lapointe.

— Occupe-toi d'abord de ce téléphone. A
vous, Torrence...

Il ne le tutoyait pas, bien qu'il le connût depuis beaucoup plus longtemps que Lapointe. Il
est vrai que celui-ci avait plutôt l'air d'un jeune
étudiant que d'un inspecteur de police.

— Alors, ces locataires?

— Je vous ai tracé un petit plan de l'immeuble. Ce sera plus facile.

Il le déposait sur le bureau, passait derrière
Maigret et tendait parfois le doigt pour désigner
une des cases qu'il avait dessinées.

— D'abord, le rez-de-chaussée. Vous savez
sans doute que le mari de la concierge est gardien
de la paix et qu'il était de service de nuit. Il

est rentré à sept heures du matin et sa tournée ne l'a pas fait passer devant l'immeuble pendant la nuit.

— Ensuite...

— A gauche habite une vieille fille, Mlle Nolan, qui, paraît-il, est très riche et très avare. Elle a regardé la télévision jusqu'à onze heures, après quoi elle s'est couchée. Elle n'a rien entendu et n'a reçu aucune visite.

— A droite?

— Un certain Davey. Il vit seul, lui aussi, est veuf, sous-directeur dans une compagnie d'assurances. Il a dîné en ville, comme chaque soir, et est rentré à neuf heures et quart. A ce que j'ai appris, une jeune femme assez jolie vient de temps en temps lui tenir compagnie mais cela n'a pas été le cas hier. Il a lu les journaux et s'est endormi vers dix heures et demie sans avoir rien entendu d'anormal. Ce n'est que quand les hommes de l'Identité Judiciaire sont entrés dans la maison avec leurs appareils qu'il a été éveillé. Il s'est levé et est allé demander à l'agent de garde à la porte ce qui se passait.

— Quelle a été sa réaction?

— Aucune. Il s'est recouché.

— Il connaissait les Josselin?

— Seulement de vue. Au premier étage, à gauche, c'est l'appartement des Aresco. Ils sont six ou sept, tous bruns et gras, les femmes assez jolies, et tout le monde parle avec un fort accent. Il y a le père, la mère, une belle-sœur, une grande fille de vingt ans et deux ou trois enfants. Ils ne sont pas sortis hier.

— Tu es sûr? La concierge dit...

— Je sais. Elle me l'a répété. Quelqu'un est rentré, peu après le départ du docteur, et, en passant devant la loge, a lancé le nom d'Aresco... M. Aresco en est indigné... Ils ont joué aux cartes en famille et jurent que personne n'a quitté l'appartement...

— Que répond la concierge?

— Qu'elle est à peu près sûre que c'est ce nom-là qu'on a prononcé et qu'elle a même cru reconnaître l'accent.

— A peu près sûre... répéta Maigret. Elle a cru reconnaître... Que font les Aresco?

— Ils ont de grosses affaires en Amérique du Sud où ils vivent une partie de l'année. Ils possèdent aussi un domicile en Suisse. Ils y étaient encore il y a quinze jours...

— Ils connaissent les Josselin?

— Ils prétendent qu'ils ignoraient jusqu'à leur nom.

— Continue.

— A droite, en face de chez eux, c'est un critique d'art, Joseph Mérillon, actuellement en mission, pour le gouvernement, à Athènes...

— Au second?

— Tout l'étage est occupé par les Tupler, en voyage aux Etats-Unis.

— Pas de domestiques?

— L'appartement est fermé pour trois mois. Les tapis ont été envoyés au nettoyage.

— Troisième?

— Personne, cette nuit, à côté de chez les Josselin. Les Delille, un couple d'un certain âge, dont les enfants sont mariés, restent sur la Côte d'Azur jusqu'au début d'octobre. Tous ces gens-là prennent de longues vacances, patron...

— Quatrième?

— Au-dessus des Josselin, les Meurat, un architecte, sa femme et leur fille de douze ans. Ils ne sont pas sortis. L'architecte a travaillé jusque minuit et n'a rien entendu. Sa fenêtre était ouverte. De l'autre côté du palier, un industriel et sa femme, les Blanchon, partis le jour-même pour la chasse en Sologne. Au cinquième, encore une dame seule, Mme Schwartz, qui reçoit assez souvent une amie le soir mais qui ne l'a pas reçue hier et qui s'est couchée de bonne heure. Enfin un jeune couple, marié le mois dernier, en séjour dans la Nièvre chez les parents de la dame. Au sixième, il n'y a que les chambres de domestiques...

Maigret regardait le plan d'un œil découragé. Certes, des cases restaient vides, des gens qui se trouvaient encore à la mer, à la campagne ou à l'étranger.

La moitié de l'immeuble n'en était pas moins occupée la nuit précédente. Des locataires jouaient aux cartes, regardaient la télévision, lisaient ou dormaient. L'un d'eux travaillait en-

core. La concierge ne s'était pas entièrement
rendormie après le départ du Dr Fabre.

Pourtant, deux coups de feu avaient éclaté,
un homme avait été abattu dans une des cases
sans que, dans les autres, le train-train quoti-
dien en soit perturbé.

— *Des braves gens...*

Tous ceux-là aussi, sans doute, étaient des
braves gens, aux moyens d'existence connus, à
la vie aisée et sans mystère.

La concierge, après avoir tiré le cordon pour
le Dr Fabre, s'était-elle assoupie plus profondé-
ment qu'elle ne le croyait? Elle était de bonne foi,
sans aucun doute. C'était une femme intelligente, qui n'ignorait pas l'importance de ses paroles.

Elle affirmait que quelqu'un était rentré entre
dix heures et demie et onze heures et qu'on
avait lancé en passant devant la loge le nom
d'Aresco.

Or, les Aresco juraient que personne n'était
sorti ni rentré ce soir-là de leur appartement.
Ils ne connaissaient pas les Josselin. C'était plausible. Personne, dans l'immeuble, comme cela
arrive si souvent à Paris, surtout dans la grosse
bourgeoisie, ne se préoccupait de ses voisins.

— Je me demande pourquoi un locataire,
rentrant chez lui, aurait donné le nom d'un autre locataire...

— Et si ce n'était pas quelqu'un de l'immeuble?

— D'après la concierge, il n'aurait pas pu en sortir ensuite sans être vu...

Maigret fronçait les sourcils.

— Cela paraît idiot, grommela-t-il. Cependant, en toute logique, c'est la seule explication possible...

— Qu'il soit resté dans la maison?

— En tout cas, jusqu'à ce matin... De jour, il doit être facile d'aller et venir sans être remarqué...

— Vous voulez dire que l'assassin aurait été là, à deux pas des policiers, pendant la descente du Parquet et pendant que les gens de l'Identité Judiciaire travaillaient dans l'appartement?

— Il y a des logements vides... Vous allez prendre un serrurier avec vous et vous assurer qu'aucune serrure n'a été forcée...

— Je suppose que je n'entre pas?

— Seulement vérifier les serrures, de l'extérieur.

— C'est tout?

— Pour le moment. Qu'est-ce que vous voudriez faire?

Le gros Torrence prenait un air réfléchi et concluait :

— C'est vrai...

Il y avait bien un crime, puisqu'un homme avait été tué. Seulement, ce n'était pas un crime comme les autres, parce que la victime n'était pas une victime comme les autres.

— Un brave homme! répétait Maigret avec une sorte de colère.

Qui avait pu avoir une raison pour tuer ce brave homme-là?

Pour un peu, il se serait mis à détester les braves gens.

4

MAIGRET RENTRA
déjeuner chez lui, devant la fenêtre ouverte, et
il remarqua un geste que sa femme faisait pourtant tous les jours, celui d'enlever son tablier
avant de se mettre à table. Souvent, tout de suite
après, elle se tapotait les cheveux pour les faire
bouffer.

Eux aussi pourraient avoir une bonne. C'était
Mme Maigret qui n'en avait jamais voulu, prétendant que, si elle n'avait pas son ménage à
faire, elle se sentirait inutile. Elle n'acceptait
une femme de ménage, certains jours de la semaine, que pour les gros travaux, et encore lui
arrivait-il souvent de refaire le travail derrière
elle.

Etait-ce le cas de Mme Josselin? Pas tout à
fait, sans doute. Elle était méticuleuse, l'état

de l'appartement en faisait foi, mais elle ne devait pas éprouver, comme Mme Maigret, le besoin de tout faire de ses propres mains.

Pourquoi se mettait-il, en mangeant, à comparer les deux femmes qui n'avaient pourtant aucun point commun?

Rue Notre-Dame-des-Champs, Mme Josselin et sa fille mangeaient sans doute en tête à tête et Maigret s'imaginait qu'elles devaient s'observer furtivement l'une l'autre. N'étaient-elles pas en train de discuter de détails pratiques?

Car, boulevard Brune, le Dr Fabre, lui, s'il était rentré chez lui, ce qui était probable, était seul avec ses enfants. Il n'y avait qu'une petite bonne pour s'occuper de ceux-ci et du ménage. Son repas à peine terminé, il pénétrerait dans son cabinet où le défilé de jeunes malades et de mamans alarmées ne cesserait pas de l'après-midi. Avait-il trouvé quelqu'un pour rester rue Notre-Dame-des-Champs avec sa belle-mère? Celle-ci accepterait-elle une présence étrangère auprès d'elle?

Maigret se surprenait à se préoccuper de ces détails comme s'il s'agissait de gens de sa famille. René Josselin était mort et il n'importait pas seulement de découvrir son assassin. Ceux qui restaient devaient, petit à petit, réorganiser leur existence.

Il aurait bien voulu aller boulevard Brune, toucher en quelque sorte le cadre dans lequel vivait Fabre avec sa femme et ses enfants. On

lui avait dit qu'ils habitaient un des immeubles
neufs près de la Cité Universitaire et il imaginait un de ces bâtiments anonymes qu'il avait
vus en passant et qu'il aurait volontiers appelés
des trappes à hommes. Une façade nue et blanche, déjà souillée. Des rangs de fenêtres uni-
formes avec, du haut en bas, les mêmes logements, les salles de bains les unes au-dessus des
autres les cuisines aussi, des murs trop minces
laisant passer tous les bruits.

Il aurait juré qu'il n'y régnait pas le même
ordre que rue Notre-Dame-des-Champs, que la
vie était moins réglée, les heures de repas plus
ou moins fantaisistes et que cela tenait autant
au caractère de Fabre qu'à la négligence ou peut-
être à la maladresse de sa femme.

Elle avait été enfant gâtée. Sa mère venait
encore la voir presque chaque jour, gardait les
gosses, emmenait l'aîné en promenade. N'es-
sayait-elle pas aussi de mettre un peu d'ordre
dans une existence qu'elle devait considérer
comme trop bohème?

Les deux femmes, à table, se rendaient-elles
compte que, logiquement, le seul suspect, au
point où en était l'enquête, était Paul Fabre?
Il était la dernière personne connue à s'être
trouvée en tête à tête avec Josselin.

Certes, il n'avait pas pu donner lui-même le
coup de téléphone l'appelant rue Julie, mais il y
avait, aux Enfants Malades, entre autres, assez

de personnes qui lui étaient dévouées pour le
faire pour lui. Il savait où se trouvait l'arme.

Et, à la rigueur, il avait un mobile. Certes,
l'argent ne l'intéressait pas. Sans son beau-père,
il ne se serait jamais encombré d'une clientèle
privée et il aurait consacré tout son temps à
l'hôpital où il devait se sentir plus chez lui que
n'importe où.

Mais Véronique? Ne commençait-elle pas à
regretter d'avoir épousé un homme que tout le
monde considérait comme un saint? N'avait-elle
pas envie de mener une vie différente? Son humeur, chez elle, ne s'en ressentait-elle pas?

Après la mort de Josselin, les Fabre allaient
sans doute recevoir leur part de l'héritage.

Maigret essayait d'imaginer la scène : les deux
hommes devant l'échiquier, silencieux et graves
comme tous les joueurs d'échecs; le docteur, à
certain moment, se levant et se dirigeant vers
le meuble où l'automatique se trouvait dans un
tiroir...

Maigret secouait la tête. Cela ne collait pas.
Il ne voyait pas Fabre revenant vers son beau-
père, le doigt sur la détente...

Une dispute, une discussion tournant à l'aigre
et les mettant tous les deux hors de leurs gonds?

Il avait beau faire, il ne parvenait pas à y
croire. Cela ne correspondait pas au tempéra-
ment des deux hommes.

Et, d'ailleurs, n'y avait-il pas le mystérieux

visiteur dont parlait la concierge et qui avait
lancé le nom d'Aresco?

— J'ai reçu un coup de téléphone de Francine Pardon... disait tout à coup Mme Maigret,
peut-être exprès, pour changer le cours de ses
pensées.

Il était si loin qu'il la regarda tout d'abord
comme s'il ne comprenait pas.

— Ils sont rentrés lundi d'Italie. Tu te souviens comme ils se réjouissaient de ces vacances
à deux?

C'étaient les premières que les Pardon prenaient, seuls, depuis plus de vingt ans. Ils
étaient partis en voiture avec l'idée de visiter
Florence, Rome et Naples, de revenir par Venise
et Milan en s'arrêtant au petit bonheur.

— Au fait, ils demandent si nous pouvons
aller dîner chez eux mercredi prochain.

— Pourquoi pas?

N'était-ce pas devenu une tradition? Ce dîner
aurait dû avoir lieu le premier mercredi du mois
mais, à cause des vacances, il avait été retardé.

— Il paraît que le voyage a été éreintant,
qu'il y avait presque autant de circulation sur
les routes qu'aux Champs-Elysées et que, chaque soir, ils en avaient pour une heure ou deux
à trouver une chambre d'hôtel.

— Comment va leur fille?

— Bien. Le bébé est magnifique...

Mme Pardon, elle aussi, allait presque chaque
après-midi chez sa fille, qui s'était mariée l'an-

née précédente et qui avait un bébé de quelques
mois.

Si les Maigret avaient eu un enfant, il serait
probablement marié maintenant et Mme Maigret, comme les autres...

— Tu sais ce qu'ils ont décidé?

— Non.

— D'acheter une petite villa, à la mer ou à
la campagne, afin de passer les vacances avec
leur fille, leur gendre et l'enfant...

Les Josselin avaient une villa, à La Baule.
Ils y vivaient un mois par an en famille, peut-
être plus. René Josselin avait pris sa retraite.

Cela frappait tout à coup Maigret. Le cartonnier avait été toute sa vie un homme actif,
passant le plus clair de son temps rue du Saint-
Gothard, y retournant souvent le soir pour travailler.

Il ne voyait sa femme qu'à l'heure des repas
et pendant une partie de la soirée.

Parce qu'une crise cardiaque, soudain, lui
avait fait peur, il avait abandonné son affaire,
presque du jour au lendemain.

Qu'est-ce qu'il ferait, lui, Maigret, si, mis à
la retraite, il se trouvait toute la journée avec
sa femme dans l'appartement? C'était réglé,
puisqu'ils iraient vivre à la campagne et qu'ils
avaient déjà acheté leur maison.

Mais s'il devait rester à Paris?

Chaque matin, Josselin sortait de chez lui à
heure presque fixe, vers neuf heures, comme

on part pour son bureau. D'après la concierge,
il se dirigeait vers le jardin du Luxembourg,
du pas régulier et hésitant des cardiaques ou de
ceux qui se croient menacés d'une attaque.

Au fait, les Josselin n'avaient pas de chien et
cela étonnait le commissaire. Il aurait bien vu
René Josselin emmenant son chien en laisse. Il
n'y avait pas de chat dans l'appartement non
plus.

Il achetait les journaux. S'asseyait-il sur un
banc du jardin pour les lire? Ne lui arrivait-il
pas d'engager la conversation avec un de ses
voisins? N'avait-il pas l'habitude de rencontrer
régulièrement la même personne, homme ou
femme?

A tout hasard, Maigret avait chargé Lapointe
d'aller demander une photographie rue Notre-
Dame-des-Champs et d'essayer, en questionnant
les commerçants, les gardiens du Luxembourg,
de reconstituer les faits et gestes matinaux de la
victime.

Cela donnerait-il un résultat? Il aimait mieux
ne pas y penser. Cet homme mort, qu'il n'avait
jamais vu vivant, cette famille dont il ne connaissait pas l'existence, la veille, finissaient par
l'obséder.

— Tu rentreras dîner?

— Je crois. Je l'espère.

Il alla attendre son autobus au coin du boulevard Richard-Lenoir, resta sur la plate-forme
à fumer sa pipe en regardant, autour de lui, ces

hommes et ces femmes qui menaient leur petite vie comme si les Josselin n'existaient pas et comme s'il n'y avait pas, dans Paris, un homme qui, Dieu sait pourquoi, en avait tué un autre.

Une fois dans son bureau, il se plongea dans des besognes administratives désagréables, exprès, pour ne plus penser à cette affaire, et il dut y réussir puisque, vers trois heures, il fut surpris, en décrochant le téléphone qui venait de sonner, d'entendre la voix excitée de Torrence.

— Je suis toujours dans le quartier, patron...

Il faillit demander :

— Quel quartier ?

— J'ai cru préférable de vous téléphoner que de me rendre au Quai car il est possible que vous décidiez de venir vous-même... J'ai découvert du nouveau...

— Les deux femmes sont toujours dans leur appartement ?

— Les trois, Mme Manu y est aussi.

— Que s'est-il passé ?

— Avec un serrurier, nous avons examiné toutes les portes, y compris celles qui donnent sur l'escalier de service. Aucune ne paraît avoir été forcée. Nous ne nous sommes pas arrêtés au cinquième étage. Nous sommes montés au sixième, où se trouvent les chambres de bonnes.

— Q'avez-vous trouvé ?

— Attendez. La plupart étaient fermées. Comme nous étions penchés sur une des serrures,

la porte voisine s'est entrouverte et nous avons eu
la surprise de voir devant nous une jeune femme
flambant nue qui, pas gênée du tout, s'est mise
à nous regarder curieusement. Une belle fille,
d'ailleurs, très brune, avec des yeux immenses,
un type espagnol ou sud-américain fort prononcé.

Maigret attendait, dessinant machinalement
sur son buvard un torse de femme.

— Je lui ai demandé ce qu'elle faisait là et
elle m'a répondu dans un mauvais français que
c'était son heure de repos et qu'elle était la domestique des Aresco.

» — Pourquoi essayez-vous d'ouvrir cette porte ?
a-t-elle questionné, méfiante.

» Elle a ajouté, sans que cette hypothèse pa-
raisse l'émouvoir :

» — Vous êtes des cambrioleurs ?

» Je lui ai expliqué qui nous étions. Elle ne savait pas qu'un des locataires de l'immeuble avait
été tué au cours de la nuit.

» — Le gros monsieur si gentil qui me souriait
toujours dans l'escalier ?

» Puis elle a dit :

» — Ce n'est pas leur nouvelle bonne, au moins ?

» Je ne comprenais pas. Nous devions avoir l'air
ridicule et j'ai eu envie de lui demander de se
mettre quelque chose sur le corps.

» — Quelle nouvelle bonne ?

» — Ils doivent avoir une nouvelle bonne, car

j'ai entendu du bruit dans la chambre la nuit dernière... »

Du coup, Maigret cessait de crayonner. Il était
furieux de ne pas y avoir pensé. Plus exactement, il avait commencé à y penser, la nuit précédente. Il y avait eu un moment où une idée
avait commencé à se former dans son esprit et il
s'était senti sur le point de faire une découverte,
comme il l'avait dit à Lapointe. Quelqu'un,
le commissaire Saint-Hubert, ou le juge d'instruction, lui avait adressé la parole et, par la suite,
il avait été incapable de retrouver le fil.

La concierge affirmait qu'un inconnu était entré dans l'immeuble peu après le départ du
Dr Fabre. Il avait donné le nom d'Aresco, alors
que les Aresco prétendaient qu'ils n'avaient reçu
personne et qu'aucun membre de la famille n'était
sorti.

Maigret avait fait questionner les locataires,
mais il avait négligé les coulisses de l'immeuble,
c'est-à-dire l'étage des domestiques.

— Vous comprenez, patron ?... Attendez !... Ce
n'est pas fini... Cette serrure-là non plus n'avait
pas été forcée... Alors, je suis descendu au troisième, par l'escalier de service, et j'ai demandé
à Mme Manu si elle avait la clef de la chambre
de bonne... Elle a tendu le bras vers un clou
planté à droite d'une étagère, puis a regardé le
mur, le clou, avec étonnement.

— Tiens ! Elle n'est plus là...

» Elle m'a expliqué qu'elle avait toujours vu la
clef du sixième étage pendue à ce clou.

— Hier encore? ai-je insisté.

— Je ne pourrais pas le jurer, mais j'en suis
presque sûre... Je ne suis montée qu'une fois,
avec Madame, au début que j'étais ici, pour
faire le ménage, retirer les draps et les couver-
tures, coller des papiers autour de la fenêtre afin
d'empêcher la poussière de pénétrer... »

C'était bien du Torrence qui, une fois sur une
piste, la suivait avec l'obstination d'un chien de
chasse.

— Je suis remonté là-haut, où mon serrurier
m'attendait. La jeune Espagnole, qui s'appelle
Dolorès et dont l'heure de repos devait être passée,
était redescendue.

» La serrure est une serrure de série, sans
malice. Mon compagnon l'a ouverte sans diffi-
culté.

— Vous n'avez pas demandé l'autorisation à
Mme Josselin?

— Non. Je ne l'ai pas vue. Vous m'avez re-
commandé de ne la déranger qu'en cas de né-
cessité. Or, nous n'avions pas besoin d'elle. Eh
bien, patron, nous tenons un bout! Quelqu'un a
passé au moins une partie de la nuit dans la
chambre de bonne. Les papiers qui entouraient
la fenêtre ont été déchirés, la fenêtre ouverte.
Elle l'était encore quand nous sommes entrés.
En outre, on voit qu'un homme s'est couché sur
le matelas et a posé la tête sur le traversin.

Enfin, il y a, par terre, des bouts de cigarettes écrasés. Si je parle d'un homme, c'est qu'il n'y a pas de rouge à lèvres sur les mégots.

» Je vous téléphone d'un bar qui s'appelle le Clairon, rue Vavin. J'ai pensé que vous voudriez voir ça... »

— Je viens !

Cela soulageait Maigret de ne plus avoir à penser au Dr Fabre. En apparence, tout était changé. La concierge ne s'était pas trompée. Quelqu'un était venu du dehors. Ce quelqu'un, il est vrai, connaissait non seulement le tiroir au revolver, mais l'existence de la chambre de bonne et la place de la clef dans la cuisine.

Ainsi, la nuit précédente, tandis que l'enquête piétinait au troisième étage, l'assassin était probablement dans la maison, étendu sur un matelas, à fumer des cigarettes en attendant que le jour pointe et que la voie soit libre.

Depuis, y avait-il eu en permanence un sergent de ville à la porte ? Maigret l'ignorait. C'était l'affaire du commissaire du quartier. Il y en avait un quand il était revenu de la rue du Saint-Gothard, mais c'était le mari de la concierge qui l'avait réclamé après l'envahissement de l'immeuble par les journalistes et les photographes.

De toute façon, le matin, on pouvait compter sur un certain nombre d'allées et venues, ne fussent que des livreurs. La concierge avait à s'occuper du courrier, de son bébé, des reporters, dont

plusieurs étaient parvenus jusqu'au troisième
étage.

Maigret appelait l'Identité Judiciaire.

— Moers? Voulez-vous m'envoyer un de vos
hommes avec sa trousse aux empreintes digitales? Il y aura peut-être d'autres indices à re-
cueillir. Qu'il se munisse de tout son matériel...
Je l'attends dans mon bureau, oui...

L'inspecteur Baron frappait à sa porte.

— J'ai pu enfin atteindre le secrétaire général
de la Madeleine, patron. Il y a bien eu hier deux
fauteuils retenus au nom de Mme Josselin. Les
deux fauteuils ont été occupés, il ignore par qui,
mais ils ont été occupés toute la soirée. On a
joué presque à bureaux fermés et personne n'est
sorti de la salle pendant la représentation. Evidemment, il y a les entractes.

— Combien?

— Deux. Le premier ne dure qu'un quart
d'heure et peu de gens quittent leur place. Le
second est plus long, une bonne demi-heure, car
le changement de décor est important et délicat.

— A quelle heure a-t-il lieu?

— A dix heures. J'ai le nom du couple qui se
trouvait juste derrière le 97 et le 99. Ce sont des
habitués, qui prennent toujours les mêmes fauteuils, M. et Mme Demaillé, rue de la Pompe, à
Passy. Je dois les interroger?

— Cela vaut mieux...

Il ne voulait plus rien laisser au hasard. Le

spécialiste de l'Identité Judiciaire arrivait, har-
naché comme un photographe de magazine.

— Je prends une voiture?

Maigret fit oui de la tête et le suivit. Ils re-
trouvèrent Torrence accoudé devant un verre de
bière, toujours en compagnie de son serrurier que
cette histoire semblait fort amuser.

— Je n'ai plus besoin de vous, lui dit le commissaire. Je vous remercie.

— Comment allez-vous entrer sans moi? J'ai
refermé la porte. C'est votre inspecteur qui m'a
dit de le faire...

— Je ne voulais prendre aucun risque... murmura Torrence.

Maigret commanda un demi, lui aussi, le but
presque d'un trait.

— Il vaut mieux que vous m'attendiez ici tous
les trois.

Il traversa la rue, pénétra dans l'ascenseur,
sonna à la porte des Josselin. Mme Manu ouvrit,
comme le matin, sans retirer la chaîne, le recon-
nut tout de suite et le fit entrer.

— Laquelle de ces dames désirez-vous voir?

— Mme Josselin. A moins qu'elle ne se repose.

— Non. Le docteur, qui est venu tout à
l'heure, a insisté pour qu'elle se recouche, mais
elle a refusé. Ce n'est pas son genre d'être dans
son lit pendant la journée, à moins d'être très
malade...

— Il n'est venu personne?

— Seulement M. Jouane, qui n'est resté que

quelques minutes. Puis votre inspecteur, le gros,
qui m'a réclamé la clef d'en haut. Je vous jure
que ce n'est pas moi qui y ai touché. Je me demande d'ailleurs pourquoi cette clef restait pendue à son clou puisqu'on ne se servait plus de la
chambre.

— Elle n'a jamais servi depuis que vous êtes
au service de Mme Josselin?

— Qu'en aurait-on fait, puisqu'il n'y a pas
d'autre domestique?

— Mme Josselin aurait pu y loger un de
leurs amis, une connaissance, ne fût-ce que pour
une nuit?

— S'ils avaient eu un ami à coucher, je suppose qu'ils lui auraient donné la chambre de
Mme Fabre... Je vais prévenir Madame...

— Que fait-elle?

— Je crois qu'elles sont occupées à dresser la
liste pour les faire-part...

Elles ne se trouvaient pas au salon. Après y
avoir attendu un bon moment, Maigret les vit
apparaître ensemble et il eut la curieuse impression que, si elles ne se séparaient pas, c'était par
méfiance l'une de l'autre.

— Je m'excuse de vous déranger à nouveau,
mesdames. Je suppose que Mme Manu vous a
mises au courant?

Elles s'observèrent avant d'ouvrir la bouche,
en même temps, mais c'est Mme Josselin qui
parla.

— Il ne m'est jamais venu à l'esprit de changer cette clef de place, dit-elle, et je l'avais presque oubliée. Qu'est-ce que cela signifie? Qui aurait pu la prendre? Pourquoi?

Elle avait le regard encore plus fixe, plus sombre que le matin. Ses mains trahissaient sa nervosité.

— Mon inspecteur, expliqua Maigret, a pris sur lui, afin de ne pas vous déranger, d'ouvrir la porte de la chambre de bonne. Je vous prie de ne pas lui en vouloir. D'autant plus qu'en agissant ainsi il a probablement donné à l'enquête une nouvelle direction.

Il l'observait, guettant ses réactions, mais rien ne trahissait ce qui pouvait se passer en elle.

— Je vous écoute.

— Depuis combien de temps n'êtes-vous pas montée au sixième?

— Cela fait plusieurs mois. Quand Mme Manu est entrée à mon service, je suis allée là-haut avec elle, car la dernière bonne avait laissé tout en désordre et dans un état de saleté inimaginable.

— Il y a donc environ six mois?

— Oui.

— Vous n'y êtes pas retournée depuis? Votre mari non plus, je suppose?

— Il n'est jamais monté au sixième de sa vie. Que serait-il allé y faire?

— Et vous, madame, demandait-il à Mme Fabre.

— Voilà des années que je ne suis pas montée.

C'était du temps d'Olga, qui était si gentille avec
moi et que j'allais parfois retrouver dans sa chambre. Tu te souviens, maman? Cela fait près de
huit ans...

— Des papiers étaient collés autour des fenêtres, n'est-ce pas?

— Oui. Pour éviter la poussière.

— Ils ont été déchirés et on a retrouvé la fenêtre ouverte. Quelqu'un s'est étendu sur le lit,
un homme, sans doute, qui a fumé un certain
nombre de cigarettes.

— Vous êtes sûr que c'était la nuit dernière?

— Pas encore. Je viens vous demander la permission de monter avec mes hommes et d'examiner les lieux à fond.

— Je pense que je n'ai pas de permission à
vous donner...

— Bien entendu, si vous désirez assister à...

Elle l'interrompait en secouant la tête.

— La dernière domestique que vous avez eue
avait un amant?

— Pas à ma connaissance. C'était une fille sé-
rieuse. Elle était fiancée et ne nous a quittés que
pour se marier.

Il se dirigeait vers la porte. Pourquoi avait-il à
nouveau l'impression qu'une certaine méfiance,
ou une certaine animosité, régnait depuis peu
entre la mère et la fille?

La porte franchie, il aurait aimé savoir comment elles se comportaient en tête à tête, ce
qu'elles se disaient. Mme Josselin avait gardé son

sang-froid mais le commissaire n'en était pas
moins persuadé qu'elle avait reçu un choc.

Et pourtant il aurait juré que cette histoire de
chambre de bonne n'était pas aussi inattendue
pour elle qu'elle l'avait été pour lui. Quant à
Véronique, elle s'était tournée brusquement
vers sa mère, une sorte d'interrogation dans le
regard.

Qu'avait-elle voulu dire, quand elle avait
ouvert la bouche?

Il rejoignit les trois hommes au Clairon, but
encore un demi avant de se diriger avec eux vers
l'escalier de service de l'immeuble. Le serrurier
ouvrit la porte. On eut un certain mal à se débarrasser de lui car il cherchait à se rendre
utile afin de rester.

— Comment ferez-vous, sans moi, pour la re-
fermer?

— Je poserai des scellés...

— Vous voyez, patron... disait Torrence en dé-
signant le lit, la fenêtre toujours ouverte, cinq
ou six mégots sur le plancher.

— Ce que je voudrais savoir avant tout, c'est
si ces cigarettes ont été fumées récemment.

— C'est facile...

Le spécialiste examina un mégot, le renifla,
défit délicatement le papier, tripota le tabac entre
ses doigts.

— Au laboratoire, je pourrai être plus formel.
Dès maintenant, je peux vous dire qu'il n'y a
pas longtemps que ces cigarettes ont été fumées.

D'ailleurs, si vous reniflez, autour de vous, vous remarquerez que, malgré la fenêtre ouverte, l'air sent encore un peu le tabac...

L'homme déballait ses appareils, avec les gestes lents et minutieux de tous ceux du laboratoire. Pour ceux-là, il n'y avait pas de morts, ou plutôt les morts étaient sans identité, comme sans famille, sans personnalité. Un crime ne constituait qu'un problème scientifique. Ils s'occupaient de choses précises, de traces, d'indices, d'empreintes, de poussières.

— C'est heureux que le ménage n'ait pas été fait depuis longtemps.

Et, tourné vers Torrence :

— Vous avez beaucoup piétiné dans la pièce? Vous avez touché les objets?

— Rien, sauf un des bouts de cigarette. Nous sommes restés près de la porte, le serrurier et moi.

— Tant mieux.

— Vous passerez me donner le résultat à mon bureau?... demanda Maigret qui ne savait où se mettre.

— Et moi? questionna Torrence.

— Vous rentrez au Quai...

— Vous permettez que j'attende quelques minutes pour savoir s'il y a des empreintes digitales?

— Si vous y tenez...

Maigret descendit lourdement, tenté, devant la porte de service du troisième, d'y sonner. Il gardait de sa dernière entrevue avec les deux

femmes une impression désagréable, imprécise. Il
lui semblait que les choses ne s'étaient pas pas-
sées comme elles auraient dû se passer.

Rien, d'ailleurs, ne se passait normalement.
Mais peut-on parler de normale quand il s'agit de
gens chez qui un crime a été soudain commis?
A supposer que la victime ait été un homme
comme Pardon, par exemple... Quelles auraient
été les réactions de Mme Pardon, de sa fille, de
son gendre?

Il ne parvenait pas à les imaginer, bien qu'il
connût les Pardon depuis des années et que ce
fussent les meilleurs amis du ménage.

Est-ce que Mme Pardon, elle aussi, sur le
coup, serait restée hébétée, incapable de parler,
sans essayer de demeurer le plus longtemps possible près du corps de son mari?

Il venait de leur annoncer qu'un homme avait
pris la clef de la chambre de bonne dans la cuisine, qu'il était allé se terrer là-haut pendant des
heures, qu'il y était sans doute encore quand les
deux femmes, après le départ de la police, tard
dans la nuit, étaient restées seules.

Or, Mme Josselin avait à peine bronché. Quant
à Véronique, elle avait tout de suite regardé sa
mère et celle-ci avait eu l'air de lui couper la
parole.

Une chose était certaine : l'assassin n'avait
rien volé. Et personne, dans l'état actuel de l'enquête, ne semblait avoir intérêt à la mort de René
Josselin.

Cette mort, pour Jouane et son associé, ne changeait rien. Et comment croire que Jouane, qui n'était venu qu'une demi-douzaine de fois rue Notre-Dame-des-Champs, connaissait la place de l'automatique, celle de la clef dans la cuisine et la répartition des chambres du sixième étage?

Il était probable que Fabre n'y était jamais monté. Et Fabre n'aurait eu aucune raison pour se cacher là-haut. De toute façon, il ne s'y trouvait pas, mais à l'hôpital d'abord, puis dans l'appartement du troisième où le commissaire l'avait interrogé.

Arrivé au rez-de-chaussée, il se dirigea soudain vers l'ascenseur et remonta au premier, sonna chez les Aresco. On entendait de la musique derrière la porte, des voix, tout un brouhaha. Quand elle s'ouvrit, il aperçut deux enfants qui couraient l'un après l'autre et une grosse femme en peignoir qui s'efforçait de les attraper.

— Vous vous appelez Dolorès? demanda-t-il à la jeune fille qui se tenait devant lui, vêtue maintenant d'un uniforme bleu clair, avec un bonnet de même couleur sur ses cheveux noirs.

Elle lui souriait de toutes ses dents. Tout le monde semblait rire et sourire dans cet appartement, vivre du matin au soir dans un joyeux tohu-bohu.

— Si, señor...

— Vous parlez le français?

— Si...

La grosse femme questionnait la bonne dans sa langue tout en observant Maigret des pieds à la tête.

— Elle ne comprend pas le français?

La jeune fille secouait la tête et éclatait de rire.

— Dites-lui que je suis de la police, comme l'inspecteur que vous avez vu là-haut, et que je voudrais vous poser quelques questions...

Dolorès traduisait, parlant avec une vélocité extraordinaire, et la femme aux chairs abondantes saisissait un des enfants par le bras, l'entraînait avec elle dans une pièce dont elle refermait la porte vitrée. La musique continuait. La jeune fille restait debout devant Maigret, sans l'inviter à entrer. Une autre porte s'entrouvrit, laissa voir un visage d'homme, des yeux sombres, puis se referma sans bruit.

— A quelle heure, hier, êtes-vous montée vous coucher?

— Peut-être dix heures et demie... Je n'ai pas regardé...

— Vous étiez seule?

— Si, señor...

— Vous n'avez rencontré personne dans l'escalier?

— Personne...

— A quelle heure avez-vous entendu du bruit dans la chambre voisine?

— A six heures, ce matin, quand je me suis levée.

— Des pas?

— Des pas quoi?

Elle ne comprenait pas le mot et il fit mine de marcher, ce qui déclencha à nouveau son rire.

— Si... Si...

— Vous n'avez pas vu l'homme qui marchait? La porte ne s'est pas ouverte?

— C'était un homme?

— Combien êtes-vous de personnes à dormir au sixième étage?

A chaque phrase, il lui fallait un certain temps pour comprendre. On aurait dit qu'elle traduisait mot à mot avant de saisir le sens.

Elle montra deux doigts tout en disant :

— Seulement deux... Il y a la domestique des gens du quatrième...

— Les Meurat?

— Je ne connais pas... Les Meurat, c'est à gauche ou à droite?

— A gauche.

— Alors, non. Ce sont les autres... Ils sont partis avec des fusils... Je les ai vus hier matin qui les mettaient dans l'auto...

— Leur domestique est partie avec eux?

— Non. Mais elle n'est pas rentrée pour dormir. Elle a un ami.

— De sorte que vous étiez seule, la nuit dernière, au sixième étage?

Cela l'amusait. Tout l'amusait. Elle ne se rendait pas compte qu'elle n'avait été séparée que par

une cloison d'un homme qui était presque sûrement un assassin.

— Toute seule... Pas d'ami...

— Je vous remercie...

Il y avait des visages, des yeux sombres, derrière le rideau de la porte vitrée et sans doute,
dès le départ de Maigret, d'autres rires allaient-
ils fuser?

Il s'arrêta encore devant la loge. La concierge
n'y était pas. Il se trouva en face d'un homme
en bretelles qui tenait le bébé dans ses bras et
qui, s'empressant de le déposer dans le berceau,
se présenta.

— Gardien de la paix Bonnet... Entrez, monsieur le commissaire... Ma femme est allée
faire quelques courses... Elle profite que c'est
ma semaine de nuit...

— Je voulais lui annoncer en passant qu'elle ne
s'est pas trompée, qu'il semble bien que quelqu'un soit entré dans l'immeuble hier au soir et
n'en soit pas sorti de la nuit...

— On l'a trouvé? Où?

— On ne l'a pas trouvé, mais on a relevé ses
traces dans une des chambres de bonnes... Il a dû
sortir ce matin, alors que votre femme était aux
prises avec les journalistes...

— C'est la faute de ma femme?

— Mais non...

Sans les vacances prolongées que s'offraient
la plupart des locataires, il y aurait eu cinq ou
six domestiques au sixième étage de l'immeuble

et l'un d'eux aurait peut-être eu la chance de rencontrer l'assassin.

Maigret hésita à traverser la rue et à pénétrer une fois de plus au Clairon. Il finit par le faire, commanda machinalement :

— Un demi...

Quelques instants plus tard, par la vitre, il voyait sortir Torrence qui en avait assez de regarder travailler son collègue du laboratoire et qui avait eu la même idée que lui.

— Vous êtes ici, patron ?

— Je suis allé interroger Dolorès.

— Vous en avez tiré quelque chose ? Elle était habillée, au moins ?

Torrence était encore tout fier, tout heureux de sa découverte. Il ne semblait pas comprendre pourquoi Maigret paraissait plus préoccupé, plus lourd que le matin.

— On tient un bout du fil, non ? Vous savez que c'est plein d'empreintes, là-haut ? Le collègue s'en donne à cœur joie. Pour peu que l'assassin possède un casier judiciaire...

— Je suis à peu près certain qu'il n'en a pas, soupira Maigret en vidant son verre.

Deux heures plus tard, en effet, le préposé aux fichiers fournissait une réponse négative. Les empreintes relevées rue Notre-Dame-des-Champs ne correspondaient avec aucune fiche de gens ayant eu des démêlés avec la justice.

Quant à Lapointe, il avait passé l'après-midi à montrer la photographie de René Josselin à des commerçants du quartier, aux gardiens du square, aux habitués des bancs. Certains le reconnaissaient, d'autres pas.

— On le voyait passer chaque matin, toujours du même pas...

— Il regardait jouer les enfants...

— Il déposait ses journaux à côté de lui et commençait à les lire, en fumant parfois un cigare...

— Il avait l'air d'un brave homme... »

Parbleu !

5

Avait-il plu long-
temps pendant la nuit? Maigret n'en savait rien
mais il était bien content de trouver en s'éveillant les trottoirs noirâtres avec des parties encore
luisantes où se reflétaient de vrais nuages, pas
les petits nuages légers et roses des jours précé-
dents : des nuages aux bordures sombres, lourds
de pluie.

Il avait hâte d'en finir avec l'été, avec les vacances, de retrouver chacun à sa place et il fronçait les sourcils chaque fois que, dans la rue, son
œil rencontrait une jeune femme qui portait encore le pantalon collant adopté sur quelque plage
et qui foulait nonchalamment le pavé de Paris,
les pieds nus et bronzés dans des sandales.

On était samedi. Il avait eu l'intention, en
s'éveillant, d'aller revoir Jouane, rue du Saint-
Gothard, sans d'ailleurs savoir au juste pourquoi.
Il avait envie de les revoir tous, pas tant pour

leur poser des questions précises que pour se frot-
ter à eux, que pour mieux sentir le milieu dans
lequel vivait René Josselin.

Il y avait fatalement quelque chose qui lui
échappait. Il semblait bien, maintenant, que
l'assassin était venu du dehors et cela élargissait
le champ des possibilités. Cela l'élargissait-il
tellement? Il restait que l'automatique avait été
pris dans le tiroir, la clef à son clou dans la cuisine et que l'homme, au sixième étage, ne s'était
pas trompé de chambre.

Maigret n'en gagnait pas moins son bureau à pied
comme cela lui arrivait assez souvent; aujour-
d'hui il le faisait avec intention, comme pour
s'offrir une pause. L'air était plus frais. Les
gens paraissaient déjà moins bronzés et retrou-
vaient les expressions de physionomie de la vie
habituelle.

Il arriva au Quai juste à temps pour le rapport
et, un dossier sous le bras, rencontra les autres
chefs de service dans le bureau du directeur.
Chacun mettait celui-ci au courant des dernières
affaires. Le chef de la Mondaine, par exemple,
suggérait de fermer une boîte de nuit au sujet de
laquelle il recevait presque chaque jour des
plaintes. Quant à Darrui, qui s'occupait des
Mœurs, il avait organisé une rafle nocturne aux
Champs-Elysées et trois ou quatre douzaines de
dames de petite vertu attendaient au Dépôt qu'on
statue sur leur sort.

— Et vous, Maigret?

— Moi, je patauge dans une histoire de braves gens... grommela-t-il avec humeur.

— Pas de suspect?

— Pas encore. Rien que des empreintes digitales qui ne correspondent pas à nos fiches, autrement dit des empreintes d'honnête homme...

Il y avait eu un nouveau crime pendant la nuit, un vrai, presque une boucherie. C'était Lucas, à peine rentré de vacances, qui s'en occupait. Pour le moment, il était encore enfermé dans son bureau avec l'assassin, à essayer de comprendre ses explications.

Cela s'était passé entre Polonais, dans un taudis, près de la Porte d'Italie. Un manœuvre, qui parlait mal le français, un homme plutôt chétif, malingre, qui se prénommait Stéphane et dont le nom de famille était impossible à prononcer, y vivait, autant qu'on pouvait comprendre, avec une femme et quatre enfants en bas âge.

Lucas avait vu la femme avant qu'elle soit transportée à l'hôpital et prétendait que c'était une créature splendide.

Elle n'était pas l'épouse du Stéphane arrêté mais celle d'un de ses compatriotes, un certain Majewski, qui, lui, travaillait comme ouvrier agricole, depuis trois ans, dans les fermes du Nord.

Deux des enfants, les aînés, étaient de Majewski. Qu'est-ce qui s'était passé exactement entre ces personnages trois ans plus tôt, c'était difficile à comprendre.

— Il me l'a donnée... répétait obstinément
Stéphane.

Une fois, il avait affirmé :

— Il me l'a vendue...

Toujours est-il que, trois ans plus tôt, le malingre Stéphane avait pris la place de son compa-
triote dans le taudis et dans le lit de la belle
femme. Le vrai mari était parti, consentant,
semblait-il. Deux enfants étaient encore nés et
tout cela vivait dans une seule pièce comme des
romanichels dans leur roulotte.

Or, Majewski avait eu l'idée de revenir et,
pendant que son remplaçant était au travail, il
avait tout simplement repris son ancienne place.

Qu'est-ce que les deux hommes s'étaient dit au
retour de Stéphane? Lucas s'efforçait de l'établir
et c'était d'autant plus difficile que son client
parlait le français à peu près aussi bien que la
bonne espagnole ou sud-américaine que Maigret
avait questionnée la veille.

Stéphane était parti. Il avait rôdé dans le
quartier pendant près de vingt-quatre heures, ne
dormant nulle part, traînant dans un certain
nombre de bistrots et, quelque part, il s'était
procuré un bon couteau de boucher. Il prétendait
qu'il ne l'avait pas volé et il insistait fort sur ce
point, comme si c'était pour lui une question
d'honneur.

Au cours de la nuit précédente, il s'était introduit dans la chambre où tout le monde dormait
et avait tué le mari de quatre ou cinq coups de

couteau. Il s'était ensuite précipité sur la femme qui criait, dépoitraillée, l'avait frappée à deux ou trois reprises, mais des voisins étaient accourus avant qu'il ait eu le temps de l'achever.

Il s'était laissé arrêter sans résistance. Maigret alla assister à un bout d'interrogatoire, dans le bureau de Lucas qui, assis à sa machine, tapait lentement les questions et les réponses.

L'homme, sur une chaise, fumait une cigarette qu'on venait de lui donner et il y avait une tasse de café vide près de lui. Il avait été quelque peu malmené par les voisins. Le col de sa chemise était déchiré, ses cheveux étaient en désordre et il avait des égratignures au visage.

Il écoutait parler Lucas, sourcils froncés, faisant un grand effort pour comprendre, puis il réfléchissait en balançant la tête de gauche à droite et de droite à gauche

— Il me l'avait donnée... répétait-il enfin, comme si cela expliquait tout. Il n'avait pas le droit de la reprendre...

Il lui semblait naturel d'avoir tué son ancien camarade. Il aurait tué la femme aussi, si on n'était intervenu à temps. Est-ce qu'il aurait tué les enfants?

A cette question, il ne répondait pas, peut-être parce qu'il ne le savait pas lui-même. Il n'avait pas tout prévu. Il avait décidé de tuer Majewski et sa femme. Pour le reste...

Maigret rentrait dans son bureau. Une note lui apprenait que les personnes de la rue de la

Pompe qui, au théâtre, étaient assises derrière
Mme Josselin et sa fille, se souvenaient fort bien
des deux femmes. Celles-ci n'étaient pas sorties
pendant le premier entracte, seulement pendant
le second, après lequel elles avaient repris leur
place fort avant le lever du rideau, et elles
n'avaient pas quitté la salle en cours de représentation.

— Qu'est-ce que je fais aujourd'hui, patron?
venait lui demander Lapointe.

— La même chose qu'hier après-midi.

Autrement dit parcourir le chemin que René
Josselin empruntait chaque matin pendant sa
promenade et questionner les gens.

— Il devait bien lui arriver de parler à quelqu'un. Essaie à nouveau, à la même heure que
lui... Tu as une seconde photographie?
Donne...

Maigret la fourra dans sa poche, à tout hasard. Puis il prit un autobus pour le boulevard
du Montparnasse et dut éteindre sa pipe car
c'était un autobus sans plate-forme.

Il avait besoin de garder le contact avec la rue
Notre-Dame-des-Champs. Certains prétendaient
qu'il tenait à tout faire par lui-même, y
compris de fastidieuses filatures, comme s'il
n'avait pas confiance en ses inspecteurs. Ils ne
comprenaient pas que c'était pour lui une néces-
sité de sentir les gens vivre, d'essayer de se mettre à leur place.

Si cela n'avait été impossible, il se serait ins-

tallé dans l'appartement des Josselin, se serait
assis à table avec les deux femmes, aurait peut-
être accompagné Véronique chez elle pour se
rendre compte de la façon dont elle se comportait
avec son mari et ses enfants.

Il avait envie de faire lui-même la promenade
que Josselin faisait chaque matin, de voir ce qu'il
voyait, de s'arrêter sur les mêmes bancs.

C'était à nouveau l'heure où la concierge sté-
rilisait les biberons et elle avait passé son tablier
blanc.

— On vient de ramener le corps, lui dit-elle,
encore impressionnée.

— La fille est là-haut?

— Elle est arrivée il y a environ une demi-
heure. C'est son mari qui l'a déposée.

— Il est monté

— Non. Il paraissait pressé.

— Il n'y a personne d'autre dans l'appartement?

— Des employés des Pompes funèbres. Ils ont
déjà apporté leur matériel pour la chapelle ardente.

— Mme Josselin est restée seule la nuit dernière?

— Non. Son gendre, vers huit heures du soir,
est venu avec une dame d'un certain âge qui portait une petite valise et elle est restée là-haut
quand il est parti. Je suppose que c'est une infirmière ou une garde. Quant à Mme Manu, elle est
arrivée ce matin à sept heures comme d'habitude

et elle est maintenant dans le quartier à faire le marché.

Il ne se rappelait pas s'il avait déjà posé la question et, si oui, il la répétait, car elle le tracassait.

— Vous n'avez pas remarqué, surtout ces derniers temps, quelqu'un qui semblait attendre aux alentours de la maison?

Elle secouait la tête.

— Mme Josselin n'a jamais reçu personne en l'absence de son mari?

— Pas depuis six ans que je suis ici.

— Et lui? Il était souvent seul, l'après-midi. Personne ne montait le voir? Il ne lui arrivait pas de sortir pour quelques minutes?

— Pas à ma connaissance... Il me semble que cela m'aurait frappée... Evidemment, quand il ne se passe rien d'anormal, on ne pense pas à ces choses-là... Je ne m'occupais pas plus d'eux que des autres locataires, plutôt moins, justement parce qu'ils ne me donnaient jamais de souci...

— Savez-vous par quel côté de la rue revenait M. Josselin?

— Cela dépendait. Je l'ai vu revenir du Luxembourg, mais il est arrivé qu'il fasse le tour par le carrefour Montparnasse et par la rue Vavin... Ce n'était pas un automate, n'est-ce pas?

— Toujours seul?

— Toujours seul.

— Le Dr Larue n'est pas revenu?

— Il est passé hier en fin d'après-midi et est resté assez longtemps là-haut...

Encore un que Maigret aurait aimé retrouver. Il lui semblait que chacun était susceptible de lui apprendre quelque chose. Il ne les soupçonnait pas forcément de mentir mais, sciemment ou non, de lui cacher une partie de la vérité.

Mme Josselin surtout. A aucun moment, elle ne s'était montrée détendue. On la sentait sur ses gardes, s'efforçant de deviner d'avance les questions qu'il allait lui poser et préparant mentalement ses réponses.

— Je vous remercie, madame Bonnet. Le bébé va bien ? Il a dormi toute sa nuit ?

— Il ne s'est réveillé qu'une fois et s'est rendormi tout de suite. C'est drôle que, cette nuit-là, il ait été si agité, comme s'il sentait qu'il se passait quelque chose...

Il était dix heures et demie du matin. Lapointe devait être occupé à interpeller les gens dans les jardins du Luxembourg en leur montrant la photographie. Ils regardaient avec attention, hochaient la tête, l'air grave.

Maigret décida d'essayer, lui, le boulevard de Montparnasse puis, peut-être, le boulevard Saint-Michel. Et, pour commencer, il pénétra dans le petit bar où il avait bu trois demis la veille.

Du coup, le garçon lui demanda comme à un ancien client :

— La même chose ?

Il fit oui sans réfléchir, bien qu'il n'eût pas
envie de bière.

— Vous connaissiez M. Josselin?

— J'ignorais son nom. Quand j'ai vu sa photographie dans le journal, je me suis souvenu de
lui. Autrefois, il avait un chien, un vieux chien-
loup perclus de rhumatismes qui, tête basse,
marchait sur ses talons... Je vous parle d'il y a
au moins sept ou huit ans. Voilà quinze ans que
je suis dans la maison...

— Qu'est-ce que ce chien est devenu?

— Il a dû mourir de vieillesse. Je crois que
c'était surtout le chien de la demoiselle... Je me
souviens bien d'elle aussi...

— Vous n'avez jamais vu M. Josselin en compagnie d'un homme? Vous n'avez jamais eu
l'impression que quelqu'un l'attendait quand il
sortait de chez lui?

— Non... Vous savez, je ne le connaissais que
de vue... Il n'est jamais entré ici... Un matin
que je me trouvais boulevard Saint-Michel, je l'ai
vu sortir du P. M. U... Cela m'a frappé... J'ai
l'habitude, chaque dimanche, de jouer le tiercé,
mais cela m'a surpris qu'un homme comme lui
joue aux courses...

— Vous ne l'avez vu au P. M. U. que cette
fois-là?

— Oui... Il est vrai que je suis rarement dehors à cette heure...

— Je vous remercie...

Il y avait, à côté, une épicerie, dans laquelle Maigret pénétra, la photographie à la main.

— Vous connaissez?

— Bien sûr! C'est M. Josselin.

— Il lui arrivait de venir chez vous?

— Pas lui. Sa femme. C'est nous qui les fournissons depuis quinze ans...

— Elle faisait toujours son marché elle-même?

— Elle passait donner sa commande, qu'on lui livrait un peu plus tard... Quelquefois c'était la bonne... Jadis, il arrivait que ce soit leur fille...

— Vous ne l'avez jamais aperçue en compagnie d'un homme?

— Mme Josselin?

On le regardait avec stupeur et même avec reproche.

— Ce n'était pas la femme à avoir des rendez-vous, surtout dans le quartier...

Tant pis! Il continuerait à poser sa question quand même. Il entrait dans une boucherie.

— Est-ce que vous connaissez...

Les Josselin ne s'approvisionnaient pas dans cette boucherie-là et on lui répondait assez sèchement.

Un bar, encore. Il y entrait et, puisqu'il avait commencé par de la bière, il demandait un demi, sortait sa photographie de la poche.

— Il me semble que c'est quelqu'un du quartier...

Combien de personnes Lapointe et lui, chacun de son côté, allaient-ils interroger de la sorte? Et pourtant ils ne pouvaient compter que sur un hasard. Il est vrai que le hasard venait déjà de jouer. Maigret savait maintenant que René Josselin avait une passion, si anodine fût-elle, une manie, une habitude : il jouait aux courses.

Jouait-il gros? Se contentait-il, pour s'amuser, de mises modestes? Est-ce que sa femme était au courant? Maigret aurait juré que non. Cela ne cadrait pas avec l'appartement de la rue Notre-Dame-des-Champs, avec les personnages tels qu'il les connaissait.

Il y avait donc une petite paille. Pourquoi n'en existerait-il pas d'autres?

— Pardon, madame… Est-ce que…

La photo, une fois de plus. Un signe de tête négatif. Il recommençait plus loin, entrait chez un autre boucher, le bon, cette fois, qui servait Mme Josselin ou Mme Manu.

— On le voyait passer, presque toujours à la même heure…

— Seul?

— Sauf les fois où il lui arrivait de rencontrer sa femme en revenant de sa promenade.

— Et elle? Elle était toujours seule aussi?

— Une fois, elle est venue avec un petit garçon qui marchait à peine, son petit-fils…

Maigret pénétrait dans une brasserie, boulevard de Montparnasse. C'était l'heure où la salle était presque vide. Le garçon faisait le mastic.

— Un petit verre de n'importe quoi, mais pas de la bière, commanda-t-il.

— Un apéritif? Une fine?

— Une fine...

Et voilà qu'au moment où il s'y attendait le moins il obtenait un résultat.

— Je le connais, oui. J'ai tout de suite pensé à lui quand j'ai vu son portrait dans le journal. Sauf que, les derniers temps, il était un peu moins gros.

— Il lui arrivait de venir prendre un verre?

— Pas souvent... Il est peut-être venu cinq ou six fois, toujours à l'heure où il n'y a personne, ce qui fait que je l'ai remarqué...

— A cette heure-ci?

— A peu près... ou un peu plus tard...

— Il était seul?

— Non. Il y avait quelqu'un avec lui et, chaque fois, ils se sont installés tout au fond de la salle...

— Une femme?

— Un homme...

— Quel genre d'homme?

— Bien habillé, encore assez jeune... Je lui donnerais dans les quarante ou quarante-cinq ans...

— Ils avaient l'air de discuter?

— Ils parlaient à mi-voix et je n'ai pas entendu ce qu'ils disaient.

— Quand sont-ils venus pour la dernière fois?

— Il y a trois ou quatre jours...

Maigret osait à peine y croire.

— Vous êtes sûr qu'il s'agit bien de cette personne?

Il montrait encore la photographie. Le garçon acceptait de la regarder avec plus d'attention.

— Puisque je vous le dis! Tenez! Il avait même des journaux à la main, trois ou quatre journaux au moins et, quand il est parti, j'ai couru après lui pour les lui rendre, car il les avait oubliés sur la banquette...

— Vous reconnaîtriez l'homme qui l'accompagnait?

— Peut-être. C'était un grand, aux cheveux bruns... Il portait un complet clair, d'un tissu léger, très bien coupé...

— Ils avaient l'air de se disputer?

— Non. Ils étaient sérieux, mais ils ne se disputaient pas.

— Qu'est-ce qu'ils ont bu?

— Le gros, M. Josselin, a pris un quart Vittel et l'autre un whisky. Il doit y être habitué, car il a spécifié la marque qu'il voulait. Comme je n'en avais pas de cette marque-là, il m'en a cité une autre...

— Combien de temps sont-ils restés?

— Peut-être vingt minutes? Peut-être un peu plus?

— Vous ne les avez vus ensemble que cette fois-là?

— Je jurerais que quand M. Josselin est venu auparavant, il y a plusieurs mois, bien avant les vacances, il était déjà accompagné de la même personne... Cet homme-là, d'ailleurs, je l'ai revu...

— Quand?

— Le même jour... Dans l'après-midi... Peut-être était-ce le lendemain?... Mais non! C'était bien le même jour...

— Donc, cette semaine?

— Sûrement cette semaine... Mardi ou mercredi...

— Il est revenu seul?

— Il est resté seul un bon moment, à lire un journal du soir... Il m'avait commandé le même whisky que le matin... Puis une dame l'a rejoint...

— Vous la connaissez?

— Non.

— Une femme jeune?

— D'un certain âge. Ni jeune ni vieille. Une dame bien.

— Ils avaient l'air de bien se connaître?

— Sûrement... Elle paraissait pressée... Elle s'est assise à côté de lui et, quand je me suis approché pour prendre la commande, elle m'a fait signe qu'elle ne désirait rien...

— Ils sont restés longtemps?

— Une dizaine de minutes... Ils ne sont pas partis ensemble... La femme est sortie la première... L'homme, lui, a encore bu un verre avant de s'en aller...

— Vous êtes certain que c'était le même qui accompagnait M. Josselin le matin?

— Absolument certain... Et il a bu le même whisky...

— Il vous a donné l'impression d'un homme qui boit beaucoup?

— D'un homme qui boit, mais qui tient le coup... Il n'était pas du tout ivre, si c'est cela que vous voulez dire, mais il avait des poches sous les yeux... Vous voyez?...

— C'est la seule fois que vous ayez vu l'homme et la femme ensemble?

— La seule dont je me souvienne... A certaines heures, on fait moins attention... Il y a d'autres garçons dans l'établissement...

Maigret paya sa consommation et se retrouva sur le trottoir, à se demander ce qu'il allait faire. S'il était tenté de se rendre tout de suite rue Notre-Dame-des-Champs, il lui répugnait d'y arriver alors que le corps venait tout juste d'être rendu à la famille et qu'on était occupé à dresser la chapelle ardente.

Il préféra continuer son chemin vers la Closerie des Lilas, entrant encore chez des commerçants, exhibant avec moins de conviction la photographie.

Il connut ainsi la marchande de légumes des Josselin, le savetier qui réparait leurs chaussures, la pâtisserie où ils se fournissaient.

Puis, comme il atteignait le boulevard Saint-Michel, il décida de le redescendre jusqu'à la

grande entrée du Luxembourg, faisant à re-
brousse-poil la promenade quotidienne de Josselin. En face de la grille, il découvrit le kiosque
où celui-ci achetait ses journaux.

Exhibition de la photographie. Questions, toujours les mêmes. Il s'attendait d'un moment à
l'autre à voir surgir le jeune Lapointe qui opé-
rait en sens inverse.

— C'est bien lui... Je lui gardais ses journaux
et ses hebdomadaires...

— Il était toujours seul?

La vieille femme réfléchissait.

— Une fois ou deux, il me semble...

Une fois, en tout cas, alors que quelqu'un se
tenait debout près de Josselin, elle avait demandé :

— Et pour vous?...

Et l'homme avait répondu :

— Je suis avec monsieur...

Il était grand et brun, autant qu'elle s'en
souvienne. Quand était-ce? Au printemps, puisque les marronniers étaient en fleurs.

— Vous ne l'avez pas revu ces temps-ci?

— Je ne l'ai pas remarqué...

Ce fut dans le bistrot où était installé le
P. M. U. que Maigret retrouva Lapointe.

— On vous l'a dit aussi? s'étonna celui-ci.

— Quoi?

— Qu'il avait l'habitude de venir ici...

Lapointe avait eu le temps de questionner le

patron. Celui-ci ne connaissait pas le nom de
Josselin mais il était formel.

— Il venait deux ou trois fois par semaine et
jouait chaque fois cinq mille francs...

Non! Il n'avait pas l'air d'un turfiste. Il
n'avait pas de journaux de courses à la main. Il
n'étudiait pas la cote.

— Ils sont assez nombreux, maintenant,
qui, comme lui, ne savent pas à quelle écurie
un cheval appartient et qui ignorent le sens du
mot handicap... Ils composent des numéros
comme d'autres, à la loterie nationale, demandent un billet finissant par tel ou tel chiffre...

— Il lui arrivait de gagner?

— Cela lui est arrivé une fois ou deux...

Maigret et Lapointe traversaient ensemble le
jardin du Luxembourg et, sur les chaises de fer,
des étudiants étaient plongés dans leurs cours,
quelques couples se tenaient par les épaules en
regardant vaguement les enfants qui jouaient
sous la surveillance de leur mère ou de leur
bonne.

— Vous croyez que Josselin faisait des cachot-
teries à sa femme?

— J'en ai l'impression. Je vais bientôt le savoir...

— Vous allez la questionner? Je vous accom-
pagne?

— J'aime autant que tu sois présent, oui.

La camionnette des gens des Pompes funèbres
n'était plus au bord du trottoir. Les deux hom-

mes prirent l'ascenseur, sonnèrent et Mme Manu,
une fois de plus, entrouvrit la porte en ayant
soin de laisser la chaîne.

— Ah! c'est vous...

Elle les introduisait dans le salon où rien
n'avait été changé. La porte de la salle à manger
était ouverte et une dame âgée, assise près de la
fenêtre, était occupée à tricoter. Sans doute l'infirmière, ou la garde que le Dr Fabre avait amenée.

— Mme Fabre vient de retourner chez elle.
Je vous annonce à Mme Josselin?

Et, tout bas, la femme de ménage ajoutait :

— Monsieur est ici...

Elle désignait l'ancienne chambre de Véronique, puis allait prévenir sa patronne. Celle-ci
n'était pas dans la chapelle ardente mais dans
sa chambre et elle parut, vêtue de sombre comme
la veille, avec des perles grises autour du cou
et aux oreilles.

Elle ne paraissait toujours pas avoir pleuré.
Ses yeux étaient aussi fixes, son regard aussi
ardent.

— Il paraît que vous désirez me parler?

Elle regardait Lapointe avec curiosité.

— Un de mes inspecteurs... murmura Maigret. Je m'excuse de vous déranger à nouveau...

Elle ne les faisait pas asseoir, comme si elle
supposait que la visite serait brève. Elle ne posait pas de questions non plus, attendait, les
yeux dans les yeux du commissaire.

— La question vous semblera sans doute fu-
tile, mais je voudrais vous demander tout
d'abord si votre mari était joueur.

Elle ne tressaillit pas. Maigret eut même l'impression qu'elle éprouvait un certain soulagement et ses lèvres se détendirent un peu pour
prononcer :

— Il jouait aux échecs, le plus souvent avec
notre gendre, parfois, assez rarement, avec le
Dr Larue...

— Il ne spéculait pas en Bourse?

— Jamais! Il avait horreur de la spéculation.
On lui a proposé, il y a quelques années, de
mettre son affaire en société anonyme afin de
lui donner plus d'extension et il a refusé avec
indignation.

— Il prenait des billets de la loterie nationale?

— Je n'en ai jamais vu dans la maison...

— Il ne jouait pas non plus aux courses?

— Je pense que nous ne sommes pas allés à
Longchamp ou à Auteuil plus de dix fois dans
notre vie, pour le coup d'œil... Une fois, il y a
longtemps, il m'a emmenée voir le prix de Diane,
à Chantilly, et il ne s'est pas approché des gui-
chets.

— Il aurait pu jouer au P. M. U.?

— Qu'est-ce que c'est?

— Il existe à Paris et en province des bureaux, le plus souvent dans des cafés ou dans
des bars, où on prend les paris...

— Mon mari ne fréquentait pas les cafés...

Il y avait une note de mépris dans sa voix.

— Je suppose que vous ne les fréquentez pas non plus?

Le regard de la femme devenait plus dur et Maigret se demanda si elle n'allait pas se fâcher.

— Pourquoi me demandez-vous ça?

Il hésitait à pousser, tout de suite, son interrogatoire plus avant, se demandant s'il avait intérêt, dès maintenant, à donner l'éveil. Le silence commençait à peser, pénible, sur les trois personnages. Par discrétion, l'infirmière ou la garde s'était levée et était venue fermer la porte de la salle à manger.

Derrière une autre porte, il y avait un mort, des tentures noires, sans doute des bougies allumées et un brin de buis trempant dans l'eau bénite.

La femme que Maigret avait devant lui, c'était la veuve, il ne pouvait pas l'oublier. Elle se trouvait au théâtre avec sa fille quand son mari avait été abattu.

— Permettez-moi de vous demander si, cette semaine, mardi ou mercredi, il ne vous est pas arrivé d'entrer dans un café... Un café du quartier...

— Nous sommes allées prendre un verre, ma fille et moi, en sortant du théâtre. Ma fille avait très soif. Nous ne nous sommes pas attardées...

— Cela se passait où?

— Rue Royale...

— Je vous parle de mardi ou mercredi et d'une brasserie du quartier...

— Je ne vois pas ce que vous voulez dire...

Maigret était gêné du rôle qu'il était obligé de jouer. Il avait l'impression, sans en être pourtant sûr, que le coup avait porté, que son interlocutrice avait eu besoin de toute son énergie pour ne pas laisser voir sa panique.

Cela n'avait duré qu'une portion de seconde et son regard ne s'était pas détaché de lui.

— Quelqu'un, pour une raison quelconque, aurait pu vous donner rendez-vous non loin d'ici, boulevard de Montparnasse, par exemple...

— Personne ne m'a donné rendez-vous...

— Puis-je vous demander de me confier une de vos photographies?

Elle faillit dire :

— Pourquoi faire?

Elle se retint, se contenta de murmurer :

— Je suppose que je n'ai qu'à obéir...

C'était un peu comme si les hostilités venaient de commencer. Elle sortait de la pièce, pénétrait dans sa chambre dont elle laissait la porte ouverte et on l'entendait fouiller dans un tiroir qui devait être plein de papiers.

Quand elle revenait, elle tendait une photo de passeport, vieille de quatre ou cinq ans.

— Je suppose que cela vous suffit?

Maigret, prenant son temps, la glissait dans son portefeuille.

— Votre mari jouait aux courses, affirmait-il en même temps.

— Dans ce cas, c'était à mon insu. C'est interdit ?

— Ce n'est pas interdit, madame, mais, si nous voulons avoir une chance de retrouver son assassin, nous avons besoin de tout savoir. Je ne connaissais pas cette maison il y a trois jours. Je ne connaissais ni votre existence, ni celle de votre mari. Je vous ai demandé votre collaboration...

— Je vous ai répondu.

— Je souhaiterais que vous m'en ayez dit davantage...

Puisque c'était la guerre, il attaquait.

— La nuit du drame, je n'ai pas insisté pour vous voir, car le Dr Larue m'affirmait que vous étiez dans un pénible état de stupeur... Hier, je suis venu...

— Je vous ai reçu.

— Et que m'avez-vous dit ?

— Ce que je pouvais vous dire.

— Cela signifie ?

— Ce que je savais.

— Vous êtes certaine de m'avoir tout dit ? Vous êtes certaine que votre fille, votre gendre, ne me cachent pas que'que chose ?

— Vous nous accusez de mentir ?

Ses lèvres tremblaient un peu. Sans doute faisait-elle un terrible effort sur elle-même pour

rester droite et digne, face à Maigret dont le
teint s'était quelque peu coloré. Quant à Lapointe, gêné, il ne savait où regarder.

— Peut-être pas de mentir, mais d'omettre
certaines choses... Par exemple, j'ai la certitude
que votre mari jouait au P. M. U...

— A quoi cela vous sert-il?

— Si vous n'en saviez rien, si vous ne l'avez
jamais soupçonné, cela indique qu'il était ca-
pable de vous cacher quelque chose. Et, s'il
vous a caché ça...

— Il n'a peut-être pas pensé à m'en parler.

— Ce serait plausible s'il avait joué une fois
ou deux, par hasard, mais c'était un habitué,
qui dépensait aux courses plusieurs milliers de
francs par semaine...

— Où voulez-vous en venir?

— Vous m'aviez donné l'impression, et vous
l'avez entretenue, de tout savoir de lui et, de
votre côté, de n'avoir aucun secret pour lui...

— Je ne comprends pas ce que cela a à voir
avec...

— Supposons que, mardi ou mercredi matin il
ait eu rendez-vous avec quelqu'un dans une brasserie du boulevard de Montparnasse...

— On l'y a vu?

— Il y a au moins un témoin, qui est affir-
matif.

— Il se peut qu'il ait rencontré un ancien

camarade, ou un ancien employé, et qu'il lui
ait offert un verre...

— Vous m'affirmiez qu'il ne fréquentait pas
les cafés...

— Je ne prétends pas que, dans une occasion
comme celle-là...

— Il ne vous en a pas parlé?

— Non.

— Il ne vous a pas dit, en rentrant :
« — A propos, j'ai rencontré Untel... »

— Je ne m'en souviens pas.

— S'il l'avait fait, vous vous en souviendriez?

— Probablement.

— Et si vous, de votre côté, vous aviez rencontré un homme que vous connaissez assez bien
pour le rejoindre dans un café et rester une dizaine de minutes avec lui pendant qu'il buvait
un whisky...

La sueur lui perlait au front et sa main tri-
potait comme méchamment sa pipe éteinte.

— Je ne comprends toujours pas.

— Excusez-moi de vous avoir dérangée...
J'aurai sans doute à revenir... Je vous demande,
d'ici là, de réfléchir... Quelqu'un a tué votre
mari et est en ce moment en liberté... Il tuera
peut-être encore...

Elle était très pâle, mais elle ne broncha toujours pas et se mit à marcher vers la porte, se
contenta de prendre congé d'un mouvement sec
de la tête, puis referma l'huis derrière eux.

Dans l'ascenseur, Maigret s'épongea le front avec son mouchoir. On aurait dit qu'il évitait le regard de Lapointe, comme s'il craignait d'y lire un reproche, et il balbutia :

— Il le fallait...

6

Les deux hommes se tenaient debout sur le trottoir, à quelques pas de l'immeuble, comme des gens qui hésitent à se séparer. Une pluie très fine, à peine visible, avait commencé à tomber, des cloches grêles se mettaient à sonner vers le bas de la rue, auxquelles d'autres répondaient dans une autre direction, puis dans une autre encore.

A deux pas de Montparnasse et de ses cabarets, c'était, en bordure du Luxembourg, non seulement un îlot paisible et bourgeois, mais comme un rendez-vous de couvents. Outre les Petites Sœurs des Pauvres, il y avait, derrière, les Servantes de Marie; à deux pas, rue Vavin, les Dames de Sion et, rue Notre-Dame-des-Champs encore, dans l'autre section, les Dames Augustines.

Maigret semblait attentif au son des cloches,
respirait l'air mêlé de gouttelettes invisibles puis,
après un soupir, disait à Lapointe :

— Tu vas faire un saut rue du Saint-Gothard.
En taxi, tu en as pour quelques minutes. Un samedi, les bureaux et les ateliers seront probablement fermés. Si Jouane ressemble à son ancien patron, il y a des chances pour qu'il soit
quand même venu terminer, tout seul, quelque
travail urgent. Sinon, tu trouveras bien un concierge ou un gardien. Au besoin, demande le
numéro personnel de Jouane et téléphone-lui.

» Je voudrais que tu me rapportes une photographie encadrée que j'ai vue dans son bureau.
Hier, pendant qu'il me parlait, je la regardais
machinalement, sans me douter qu'elle pourrait
m'être utile. C'est une photo de groupe, avec
René Josselin au milieu, Jouane et sans doute
Goulet à sa gauche et à sa droite, d'autres mem-
bres du personnel, hommes et femmes, en rangs
derrière eux, une trentaine de personnes.

» Toutes les ouvrières n'y sont pas; seulement
les employés les plus anciens ou les plus impor-
tants. Je suppose que la photo a été prise à l'occasion d'un anniversaire, ou bien quand Josselin
a quitté son affaire.

— Je vous retrouve au bureau?

— Non. Viens me rejoindre à la brasserie du
boulevard de Montparnasse où j'étais tout à
l'heure.

— Laquelle est-ce?

— Je crois que cela s'appelle la brasserie Franco-Italienne. C'est à côté d'un magasin où l'on vend du matériel pour peintres et sculpteurs.

Il s'en alla de son côté, le dos rond, en tirant sur sa pipe qu'il venait d'allumer et qui, pour la première fois de l'année, avait le goût d'automne.

Il gardait une certaine gêne de sa dureté avec Mme Josselin et se rendait compte que ce n'était pas fini, que cela ne faisait que commencer. Il n'y avait pas qu'elle, probablement, à lui cacher quelque chose ou à lui mentir. Et c'était son métier de découvrir la vérité.

C'était toujours pénible pour Maigret, de forcer quelqu'un dans ses derniers retranchements, et cela remontait très loin, à sa petite enfance, à la première année qu'il était allé à l'école, dans son village de l'Allier.

Il avait fait alors le premier gros mensonge de sa vie. L'école distribuait des livres de classe qui avaient servi et qui étaient plus ou moins défraîchis, mais certains élèves se procuraient de beaux livres neufs qui lui faisaient envie.

Il avait reçu, entre autres, un catéchisme à couverture verdâtre, aux pages déjà jaunies, tandis que quelques camarades plus fortunés s'étaient acheté des catéchismes neufs, d'une nouvelle édition, à la reliure d'un rose alléchant.

— J'ai perdu mon catéchisme... avait-il annoncé un soir à son père. Je l'ai dit au maître et il m'en a donné un nouveau...

Or, il ne l'avait pas perdu. Il l'avait caché dans le grenier, faute d'oser le détruire.

Il avait eu du mal à s'endormir ce soir-là. Il se sentait coupable et était persuadé qu'un jour ou l'autre sa tricherie serait découverte. Le lendemain, il n'avait eu aucune joie à se servir du nouveau catéchisme.

Pendant trois jours, quatre jours peut-être, il avait souffert ainsi, jusqu'au moment où il était allé trouver l'instituteur, son livre à la main.

— J'ai retrouvé l'ancien, avait-il balbutié, rouge et la gorge sèche. Mon père m'a dit de vous rendre celui-ci...

Il se souvenait encore du regard du maître, un regard à la fois lucide et bienveillant. Il était sûr que l'homme avait tout deviné, tout compris.

— Tu es content de l'avoir retrouvé?

— Oh! oui, monsieur...

Toute sa vie, il lui était resté reconnaissant de ne pas l'avoir forcé à avouer son mensonge et de lui avoir évité une humiliation.

Mme Josselin mentait aussi et ce n'était plus une enfant, c'était une femme, une mère de famille, une veuve. Il l'avait pour ainsi dire forcée à mentir. Et d'autres, autour d'elle, mentaient probablement, pour une raison ou pour une autre.

Il aurait voulu leur tendre la perche, leur éviter cette épouvantable épreuve de se débattre contre la vérité. C'étaient de braves gens, il voulait bien le croire, il en était même persuadé.

Ni Mme Josselin, ni Véronique, ni Fabre n'avaient tué.

Tous n'en cachaient pas moins quelque chose qui aurait sans doute permis de mettre la main sur l'assassin.

Il jetait un coup d'œil aux maisons d'en face en pensant qu'il serait peut-être nécessaire de questionner un à un tous les habitants de la rue, tous ceux qui, par leur fenêtre, avaient pu surprendre un petit fait intéressant.

Josselin avait rencontré un homme, la veille ou le jour de sa mort, le garçon de café ne parvenait pas à le préciser. Maigret allait savoir si c'était bien Mme Josselin qui était venue rejoindre ce même homme, l'après-midi dans le calme d'une brasserie.

Il y arrivait un peu plus tard et l'atmosphère avait quelque peu changé. Des gens prenaient l'apéritif et on avait déjà garni un rang de tables de nappes et de couverts pour le déjeuner.

Maigret alla s'asseoir à la même place que le matin. Le garçon qui l'avait servi s'approchait de lui comme s'il était déjà un vieux client et le commissaire tirait de son portefeuille la photo de passeport.

— Vous croyez que c'est elle?

Le garçon mettait ses lunettes, examinait le petit carré de carton.

— Ici, elle n'a pas de chapeau, mais je suis à peu près sûr que c'est la même femme...

— *A peu près?*

— J'en suis certain. Seulement, si je dois un jour témoigner au tribunal, avec les juges et les avocats qui me poseront un tas de questions...

— Je ne pense pas que vous ayez à témoigner.

— C'est sûrement elle, ou alors, quelqu'un qui lui ressemble fort... Elle portait une robe de lainage sombre, pas tout à fait noir, avec comme des petits poils gris dans la laine, et un chapeau relevé de blanc...

La description de la robe correspondait à ce que portait Mme Josselin le matin même.

— Qu'est-ce que je vous sers?

— Une fine à l'eau... Où est le téléphone?...

— Au fond, à gauche, en face des toilettes... Demandez un jeton à la caisse...

Maigret s'enferma dans la cabine, chercha le numéro du Dr Larue. Il n'était pas trop sûr de le trouver chez lui. Il n'avait pas de raison précise pour appeler le médecin.

Il déblayait le terrain, comme avec la photo de la rue du Saint-Gothard. Il s'efforçait d'éliminer les hypothèses, même les plus extravagantes.

Une voix d'homme lui répondait.

— C'est vous, docteur? Ici, Maigret.

— Je rentre à l'instant et je pensais justement à vous.

— Pourquoi?

— Je ne sais pas. Je pensais à votre enquête, à votre métier... C'est un hasard que vous me trouviez chez moi à cette heure... Le samedi, je termine ma tournée plus tôt que les autres jours parce qu'une bonne partie de mes clients sont hors ville...

— Cela vous ennuyerait de venir prendre un verre avec moi à la brasserie Franco-Italienne?

— Je connais... Je vous rejoins tout de suite... Vous avez du nouveau?...

— Je ne sais pas encore...

Larue, petit, grassouillet, le front dégarni, ne correspondait pas à la description que le garçon avait faite du compagnon de Josselin. Jouane non plus, qui était plutôt roux et n'avait pas l'air d'un buveur de whisky.

Maigret n'en était pas moins décidé à ne laisser passer aucune chance. Quelques minutes plus tard, le médecin descendait de voiture, le rejoignait et, s'adressant au garçon, prononçait comme s'il se trouvait en pays de connaissance :

— Comment allez-vous, Emile?... Et ces cicatrices?...

— On ne voit presque plus rien... Un porto, docteur?...

Ils se connaissaient. Larue expliquait qu'il avait soigné Emile, quelques mois plus tôt, quand celui-ci s'était ébouillanté avec le percolateur.

— Une autre fois, il y a bien dix ans, il s'est coupé avec un hachoir... Et votre enquête, monsieur le commissaire?

— On ne m'aide pas beaucoup, fit celui-ci avec amertume.

— Vous parlez de la famille?

— De Mme Josselin, en particulier. J'aimerais
vous poser deux ou trois questions à son sujet. Je
vous en ai déjà posé l'autre soir. Certains points
me tracassent. Si je comprends bien, vous étiez
à peu près les seuls intimes de la maison, votre
femme et vous...

— Ce n'est pas tout à fait exact... Il y a longtemps, je vous l'ai dit, que je soigne les Josselin
et j'ai connu Véronique toute petite... Mais, à cette
époque-là, on ne m'appelait que de loin en
loin...

— Quand avez-vous commencé à devenir un
ami de la famille?

— Beaucoup plus tard. Une fois, il y a quelques années, on nous a invités à dîner en même
temps que d'autres personnes, les Anselme, je
m'en souviens encore, qui sont de grands choco-
latiers... Vous devez connaître les chocolats
Anselme... Ils font aussi les dragées de baptême...

— Ils semblaient intimes avec les Josselin?

— Ils étaient assez amis... C'est un couple un
peu plus âgé... Josselin fournissait à Anselme
les boîtes pour les chocolats et les dragées...

— Ils sont à Paris en ce moment?

— Cela m'étonnerait. Le père Anselme a pris
sa retraite il y a quatre ou cinq ans et a acheté
une villa à Monaco... Ils y vivent toute l'année...

— Je voudrais que vous fassiez un effort pour
vous souvenir. Qui avez-vous encore rencontré chez
les Josselin?

— Plus récemment, il m'est arrivé, rue Notre-

Dame-des-Champs, de passer la soirée avec les Mornet, qui ont deux filles et qui font en ce moment une croisière dans les Bermudes... Ce sont des marchands de papier... En somme, les Josselin ne fréquentaient guère que quelques gros clients et quelques fournisseurs...

— Vous ne vous souvenez pas d'un homme d'une quarantaine d'années?

— Je ne vois pas, non...

— Vous connaissez bien Mme Josselin... Que savez-vous d'elle?...

— C'est une femme très nerveuse que je traite, je ne vous le cache pas, avec des calmants, encore qu'elle possède un contrôle extraordinaire sur elle-même...

— Elle aimait son mari?

— J'en suis convaincu... Elle n'a pas eu une adolescence très heureuse, autant que j'aie pu comprendre... Son père, resté veuf de bonne heure, était un homme aigri, d'une sévérité excessive...

— Ils habitaient près de la rue du Saint-Gothard?

— A deux pas, rue Dareau... Elle a connu Josselin et ils se sont mariés après un an de fiançailles...

— Qu'est devenu le père?

— Atteint d'un cancer particulièrement douloureux, il s'est suicidé quelques années plus tard...

— Que diriez-vous si on vous affirmait que Mme Josselin avait un amant?

— Je ne le croirais pas. Voyez-vous, par profession, je vis dans le secret de beaucoup de familles. Le nombre de femmes, surtout dans un certain milieu, celui auquel appartiennent les Josselin, le nombre de femmes, dis-je, qui trompent leur mari, est beaucoup plus faible que la littérature et le théâtre essayent de nous faire croire.

» Je ne prétends pas que ce soit toujours par vertu. Peut-être le manque d'occasions, la crainte du qu'en dira-t-on y sont-ils pour quelque chose...

— Il lui arrivait souvent de sortir seule l'après-midi...

— Comme ma femme, comme la plupart des épouses... Cela ne signifie pas qu'elles aillent retrouver un homme à l'hôtel ou dans ce qu'on appelait jadis une garçonnière... Non, monsieur le commissaire... Si vous me posez sérieusement la question, je vous réponds par un non catégorique... Vous faites fausse route...

— Et Véronique?

— Je suis tenté de vous dire la même chose mais je préfère me réserver... C'est improbable... Ce n'est pas tout à fait impossible... Il y a des chances pour qu'elle ait eu des aventures avant son mariage... Elle étudiait en Sorbonne... C'est au Quartier Latin qu'elle a connu son mari et elle a dû en connaître d'autres avant lui... N'est-elle pas un peu déçue de la vie qu'il lui fait mener?... Je n'en jurerais pas... Elle a cru

épouser un homme et elle a épousé un médecin... Vous comprenez?

— Oui...

Cela ne l'avançait pas, ne le menait à rien.
Il avait l'impression de patauger et buvait son
verre d'un air morose.

— Quelqu'un a tué René Josselin... soupira-
t-il.

C'était, jusqu'ici, la seule certitude. Et aussi
qu'un homme, dont on ne savait rien, avait rencontré le cartonnier comme en cachette, dans
cette même brasserie, puis y avait eu rendez-
vous avec Mme Josselin.

Autrement dit, le mari et la femme se cachaient quelque chose. Quelque chose qui se rat-
tachait à une seule et même personne.

— Je ne vois pas qui cela peut être... Je m'excuse de ne pouvoir vous aider davantage... Maintenant, il est temps que je rejoigne ma femme et
mes enfants...

Lapointe, d'ailleurs, pénétrait dans la salle, un
paquet plat sous le bras, et cherchait Maigret des
yeux.

— Jouane était à son bureau?

— Non. Il n'était pas chez lui non plus. Ils
sont allés passer le week-end chez une belle-
sœur à la campagne... J'ai promis au gardien de
rapporter la photo aujourd'hui même et il n'a pas
trop protesté...

Maigret appelait le garçon, déballait le cadre.

— Vous reconnaissez quelqu'un?

Le garçon remettait ses lunettes et son regard
parcourait les visages alignés.

— M. Josselin, bien entendu, au milieu... Il
est un peu plus gras sur la photo que l'homme
qui est venu l'autre jour, mais c'est bien lui...

— Et les autres?... Ceux qui se tiennent à sa
droite et à sa gauche?...

Emile hochait la tête.

— Non. Je ne les ai jamais vus... Je ne re-
connais que lui...

— Qu'est-ce que tu prends? demandait Maigret à Lapointe.

— N'importe quoi.

Il regardait le verre du docteur où il restait un
fond de liquide rougeâtre.

— C'est du porto?... Donnez-moi la même
chose, garçon...

— Et vous, monsieur le commissaire?

— Plus rien, merci... Je crois que nous allons
manger un morceau ici...

Il n'avait pas envie de retourner déjeuner boulevard Richard-Lenoir. Ils passèrent un peu plus
tard du côté de la salle où on servait les repas.

— Elle ne dira rien, grogna Maigret qui avait
commandé une choucroute. Même si je la con-
voque au quai des Orfèvres et si je la questionne
pendant des heures, elle se taira...

Il en voulait à Mme Josselin et en même temps
il en avait pitié. Elle venait de perdre son mari
dans des circonstances dramatiques, toute sa vie
en était bouleversée, elle devenait, du jour au

lendemain, une femme seule dans un appartement trop grand, et la police ne s'en acharnait pas moins contre elle.

Quel secret était-elle décidée à défendre coûte que coûte? Chacun, en somme, a droit à sa vie privée, à ses secrets, jusqu'au jour où un drame éclate et où la société se met à exiger des comptes.

— Qu'est-ce que vous comptez faire, patron?

— Je n'en sais rien... Retrouver cet homme, bien entendu... Ce n'est pas un voleur... Si c'est lui qui, le soir, est allé assassiner Josselin, il devait avoir ou se croire des raisons impérieuses...

» La concierge ne sait rien... Depuis six ans qu'elle est dans la maison, elle n'a jamais remarqué de visiteur plus ou moins équivoque... Cela remonte peut-être à plus loin dans le passé...

» Je ne sais plus où elle m'a dit que l'ancienne concierge, qui est sa tante, est allée passer ses vieux jours... Je voudrais que tu lui poses la question, que tu retrouves cette femme, que tu l'interroges... »

— Et si elle vit maintenant au diable en province?

— Cela vaudra peut-être la peine d'y aller ou de demander à la police de l'endroit de la questionner... A moins que, d'ici là, quelqu'un se décide à parler.

Lapointe s'en alla de son côté, dans le crachin, la photographie encadrée sous le bras, tan-

dis que Maigret se faisait conduire en taxi boulevard Brune. L'immeuble habité par les Fabre
ressemblait à ce qu'il avait imaginé, une grande
construction plate et monotone qui, vieille de
quelques années seulement, était déjà défraîchie.

— Le Dr Fabre? Au quatrième à droite... Vous
verrez une plaque de cuivre sur la porte... Si
c'est pour Mme Fabre, elle vient juste de sortir.

Pour se rendre chez sa mère, sans doute, et
finir avec elle d'envoyer les faire-part.

Il resta immobile dans l'ascenseur trop étroit,
pressa un bouton électrique et la petite bonne
qui vint lui ouvrir regarda machinalement à son
côté, de haut en bas, comme si elle s'attendait
à le voir accompagné d'un enfant.

— Qui est-ce que vous demandez?

— Le Dr Fabre.

— C'est l'heure de sa consultation.

— Soyez assez gentille pour lui passer ma
carte. Je ne le retiendrai pas longtemps.

— Venez par ici...

Elle poussait la porte d'un salon d'attente où il
y avait une demi-douzaine de mamans avec des
enfants de tous âges et les regards se portèrent
sur lui avec ensemble.

Il s'assit, presque intimidé. Il y avait des cubes
par terre, des livres d'images sur une table. Une
femme berçait un bébé qui devenait presque vio-
let à force de crier et regardait sans cesse la
porte du cabinet de consultation. Maigret savait
qu'elles se demandaient toutes :

— Est-ce qu'on va le faire passer avant nous?

Et, à cause de sa présence, elles se taisaient. L'attente dura près de dix minutes et, quand le docteur ouvrit enfin la porte, de son cabinet c'est vers le commissaire qu'il se tourna.

Il portait des verres assez épais qui soulignaient la fatigue de son regard.

— Entrez... Je m'excuse de n'avoir pas beaucoup de temps à vous donner... Ce n'est pas ma femme que vous veniez voir?... Elle est chez sa mère...

— Je sais...

— Asseyez-vous...

Il y avait un pèse-bébé, une armoire vitrée pleine d'instruments nickelés, une sorte de table rembourrée recouverte d'un drap et d'une toile cirée. Sur le bureau, des papiers étaient en désorde et des livres étaient empilés sur la cheminée et dans un coin à même le plancher.

— Je vous écoute...

— Je m'excuse de vous déranger en pleine consultation, mais je ne savais pas où vous trouver seul...

Fabre fronçait les sourcils.

— Pourquoi seul? questionnait-il.

— A vrai dire, je ne sais pas. Je me trouve dans une situation déplaisante et il m'a semblé que vous pourriez peut-être m'aider... Vous fréquentiez régulièrement la maison de vos beaux-parents... Vous connaissez donc leurs amis...

— Ils en avaient très peu...

— Vous est-il arrivé de rencontrer un homme
d'une quarantaine d'années, brun, assez beau
garçon.

— De qui s'agit-il?

Lui aussi, aurait-on dit, se tenait sur la dé-
fensive.

— Je n'en sais rien. J'ai des raisons de croire
que votre beau-père et votre belle-mère connaissaient tous deux un homme répondant à cette
description schématique...

Le docteur, à travers ses verres, fixait un
point de l'espace et Maigret lui donnant le temps
de la réflexion, s'impatientait enfin.

— Eh bien?

Comme s'il sortait d'un rêve, Fabre lui demandait :

— Quoi? Que voulez-vous savoir?

— Le connaissez-vous?

— Je ne vois pas de qui vous parlez. Le plus
souvent, lorsque j'allais chez mes beaux-parents,
c'était le soir, et je tenais compagnie à mon beau-
père pendant que les femmes allaient au théâtre.

— Vous connaissez quand même leurs amis...

— Quelques-uns... Pas nécessairement tous...

— Je croyais qu'ils recevaient très peu.

— Très peu, en effet...

C'était exaspérant. Il regardait partout sauf
dans la direction du commissaire et il paraissait
subir une pénible épreuve.

— Ma femme voyait beaucoup plus ses parents
que moi... Ma belle-mère venait ici presque quo-

tidiennement... C'était à l'heure où j'étais dans
mon cabinet ou à l'hôpital...

— Saviez-vous que M. Josselin jouait aux
courses ?

— Non. Je pensais qu'il sortait rarement
l'après-midi...

— Il jouait au P. M. U...

— Ah !

— Sa femme, paraît-il, ne le savait pas non
plus. Donc, il ne lui disait pas tout...

— Pourquoi m'en aurait-il parlé, à moi, qui
n'étais que son gendre ?

— Mme Josselin, de son côté, cachait certaines choses à son mari...

Il ne protestait pas. Il semblait se dire, comme
chez le dentiste : Encore quelques minutes et ce
sera fini...

— Un jour de cette semaine, mardi ou mercredi, elle a rejoint un homme, dans l'après-midi,
dans une brasserie du boulevard de Montparnasse...

— Ce n'est pas mon affaire, n'est-ce pas ?

— Vous n'êtes pas surpris ?

— Je suppose qu'elle avait des raisons pour le
rencontrer...

— M. Josselin avait rencontré le même homme,
dans la même brasserie, le matin, et semblait
bien le connaître... Cela ne vous dit rien ?

Le docteur prenait un temps avant de hocher la
tête d'un air ennuyé.

— Ecoutez-moi bien, monsieur Fabre. Je

comprends que votre situation soit délicate.
Comme tout homme qui se marie, vous êtes entré dans une famille que vous ne connaissiez pas
auparavant et dont vous vous trouvez faire plus
ou moins partie désormais.

» Cette famille a ses petits secrets, c'est fatal.
Il est impensable que vous n'en ayez pas découvert quelques-uns. Cela n'a eu aucune importance
tant qu'un crime n'était pas commis. Mais votre
beau-père a été assassiné et vous avez bien failli
être le suspect. »

Il ne protestait pas, ne réagissait d'aucune façon. On aurait pu croire qu'ils étaient séparés par
une cloison vitrée que les mots ne franchissaient
pas.

— Il ne s'agit pas de ce qu'on appelle un
crime crapuleux. Ce n'est pas un cambrioleur
surpris qui a tué M. Josselin. Il connaissait la
maison aussi bien que vous, ses habitudes, la
place de chaque objet. Il savait que votre femme
et sa mère étaient au théâtre ce soir-là et que
vous alliez sans doute passer la soirée avec votre
beau-père.

» Il savait où vous habitez et c'est lui, vraisemblablement, qui a téléphoné ici afin que la
domestique vous appelle et vous expédie rue Julie... Vous êtes d'accord?

— Cela paraît plausible...

— Vous avez dit vous-même que les Josselin
recevaient peu et n'avaient pour ainsi dire pas
d'intimes...

— Je comprends.

— Vous pourriez me jurer que vous n'avez aucune idée de qui cela pourrait être?

Les oreilles du docteur étaient devenues rouges et son visage semblait plus fatigué que jamais.

— Je vous demande pardon, monsieur le commissaire, mais il y a des enfants qui attendent...

— Vous refusez de parler?

— Si j'avais une information précise à vous donner...

— Vous voulez dire que vous avez des soupçons mais qu'ils ne sont pas assez précis?

— Prenez-le comme vous voudrez... Je vous rappelle que ma belle-mère vient de subir un choc pénible, que c'est une personne très émotive, même si ses émotions ne s'extériorisent pas...

Debout, il se dirigeait vers la porte qui donnait sur le couloir.

— Ne m'en veuillez pas...

Il ne tendait pas la main, se contentait de prendre congé d'un signe de tête et la petite bonne, surgie Dieu sait d'où, reconduisait le commissaire jusqu'au palier.

Il était furieux, non seulement contre le jeune pédiatre mais contre lui-même, car il avait l'impression qu'il s'y était mal pris. C'était sans doute le seul membre de la famille qui aurait pu parler et Maigret n'en avait rien tiré.

Si! Une chose : Fabre n'avait même pas tressailli quand Maigret avait évoqué le rendez-vous de sa belle-mère et de l'inconnu dans la brasse-

rie. Cela ne l'avait pas surpris. Cela ne l'avait
pas étonné davantage d'apprendre que Josselin
avait rencontré le même homme, en cachette,
dans la pénombre de la même brasserie.

Il enviait Lucas qui en avait déjà fini avec son
tueur polonais et qui était sans doute en train de
rédiger tranquillement son rapport.

Maigret suivait le trottoir, guettant les taxis
qui avaient tous leur drapeau baissé. Le crachin
était devenu une vraie pluie et on revoyait dans
les rues la tache luisante des parapluies.

— Si l'homme a rencontré tour à tour René
Josselin et sa femme...

Il essayait de raisonner, mais les bases man-
quaient. L'inconnu n'avait-il pas pris contact
aussi avec la fille, avec Mme Fabre? Et pourquoi
pas avec Fabre lui-même?

Et pourquoi toute la famille le protégeait-
elle?

— Hep!... Taxi!...

Il en trouvait enfin un qui passait à vide, se
hâtait d'y monter.

— Continuez...

Il ne savait pas encore où il allait. Son premier
mouvement avait été de se faire conduire Quai des
Orfèvres, de retrouver son bureau, de s'y enfermer afin d'y grogner tout à son aise. Est-ce que
Lapointe, de son côté, n'avait pas découvert du
nouveau? Il lui semblait, sans en être sûr, que
l'ancienne concierge n'était plus à Paris, mais
quelque part en Charente ou dans le Centre.

Le chauffeur roulait lentement, se tournant de temps en temps, l'air curieux, vers son client.

— Qu'est-ce que je fais au feu rouge?

— Vous tournez à gauche...

— Si vous voulez...

Et soudain Maigret se penchait.

— Vous m'arrêterez rue Dareau.

— De quel côté de la rue Dareau? Elle est longue.

— Au coin de la rue du Saint-Gothard...

— Compris...

Maigret épuisait les unes après les autres toutes les possibilités. Il dut tirer son calepin de sa poche pour retrouver le nom de jeune fille de Mme Josselin : de Lancieux... Et il se souvenait que le père était un ancien colonel.

— Pardon, madame... Depuis combien de temps êtes-vous concierge dans cet immeuble?

— Dix-huit ans, mon bon monsieur, ce qui ne me rajeunit pas.

— Vous n'avez pas connu, dans les environs, un ancien colonel et sa fille qui s'appelaient de Lancieux?

— Jamais entendu parler...

Deux maisons, trois maisons. La première concierge, encore que d'un certain âge, était trop jeune, la seconde ne se souvenait pas et la troisième n'avait pas plus de trente ans.

— Vous ne connaissez pas le numéro?

— Non. Je sais seulement que c'était près de la rue du Saint-Gothard.

— Vous pourriez demander en face... La concierge a au moins soixante-dix ans... Parlez-lui fort, car elle est un peu sourde...

Il cria presque. Elle secouait la tête.

— Je ne me souviens pas d'un colonel, non, mais je n'ai plus beaucoup de mémoire... Depuis que mon mari a été écrasé par un camion, je ne suis plus la même...

Il allait partir, chercher ailleurs. Elle le rappelait.

— Pourquoi ne demanderiez-vous pas à Mlle Jeanne?

— Qui est-ce?

— Il y a au moins quarante ans qu'elle est dans la maison... Elle ne descend plus, à cause de ses jambes... C'est au sixième, tout au fond du couloir... La porte n'est jamais fermée à clef... Frappez et entrez.. Vous la trouverez dans son fauteuil près de la fenêtre...

Il la trouva en effet, une petite vieille toute ratatinée mais aux pommettes encore roses et au sourire un peu enfantin.

— Lancieux?... Un colonel?... Mais oui, que je m'en souviens... Ils habitaient au second à gauche... Ils avaient une vieille domestique qui n'était pas commode et qui se fâchait avec tous les fournisseurs, à tel point qu'à la fin elle devait aller faire son marché dans un autre quartier..

— Le colonel avait une fille, n'est-ce pas?

— Une jeune fille brune, qui n'avait pas beaucoup de santé. Son frère non plus, le pauvre,

qu'on a dû envoyer à la montagne parce qu'il
était tuberculeux.

— Vous êtes certaine qu'elle avait un frère?

— Comme je vous vois. Et je vous vois très
bien, malgré mon âge. Pourquoi ne voulez-vous
pas vous asseoir?

— Vous ne savez pas ce qu'il est devenu?

— Qui? Le colonel? Il s'est tiré une balle dans
la tête, même que la maison a été toute sens des-
sus dessous. C'était la première fois qu'une
chose pareille arrivait dans le quartier... Il était
malade aussi, un cancer, paraît-il... Mais je ne
l'approuve quand même pas de s'être tué...

— Et son fils?

— Quoi?

— Qu'est-il devenu?

— Je ne sais pas... La dernière fois que je
l'ai vu, c'était à l'enterrement...

— Il était plus jeune que sa sœur?

— D'une dizaine d'années...

— Vous n'avez jamais entendu parler de lui?

— Vous savez, dans un immeuble, les gens,
ça va, ça vient... Si je comptais les familles qui,
depuis, ont habité leur appartement... C'est au
jeune homme que vous vous intéressez?

— Ce n'est plus un jeune homme...

— S'il a guéri, sûrement pas... Il est probablement marié et il a des enfants à son tour...

Elle ajoutait, les yeux pétillants de malice :

— Moi, je ne me suis jamais mariée et c'est
sans doute pour cela que je vivrai jusqu'à cent

ans... Vous ne me croyez pas?... Revenez me
voir dans quinze ans... Je vous promets que je
serai encore dans ce fauteuil... Qu'est-ce que
vous faites, dans la vie?

Maigret jugea inutile de lui donner peut-être
un choc en lui disant qu'il était de la police et se
contenta de répondre en cherchant son chapeau :

— Des recherches...

— En tout cas, on ne peut pas dire que vous
ne cherchez pas loin dans le passé... Je parie qu'il
n'y a plus personne dans la rue qui se souvienne
des Lancieux... C'est pour un héritage, n'est-ce
pas?... Celui qui héritera a de la chance que vous
soyez tombé sur moi... Vous pourrez le lui dire...
Peut-être qu'il aura l'idée de m'envoyer des dou-
ceurs...

Une demi-heure plus tard, Maigret était assis
dans le bureau du juge d'instruction Gossard. Il
paraissait détendu, un peu sombre. Il faisait son
récit d'une voix calme et sourde.

Le magistrat l'écoutait gravement et, quand ce
fut terminé, il y eut un assez long silence pendant lequel ils entendaient l'eau couler dans une
des gouttières du Palais.

— Quelle est votre intention?

— De les convoquer tous, ce soir-même, quai
des Orfèvres. Ce sera plus facile et surtout moins
pénible que rue Notre-Dame-des-Champs.

— Vous croyez qu'ils parleront?

— Il y en a bien un des trois qui finira par
parler...

— Faites à votre idée...

— Je vous remercie.

— J'aime autant ne pas être à votre place...
Allez-y doucement quand même... N'oubliez pas
que son mari...

— Je ne l'oublie pas, croyez-le. C'est bien à
cause de cela que je préfère les voir dans mon bureau...

Un quart des Parisiens étaient encore en vacances sur les plages et à la campagne. D'autres
avaient commencé à chasser et d'autres encore roulaient sur les routes à la recherche d'un coin pour
le week-end.

Maigret, lui, suivait lentement de longs cou-
loirs déserts et descendait vers son bureau.

CHAPITRE

7

IL ETAIT SIX HEURES
moins cinq. A cause du samedi, toujours, la plupart des bureaux étaient vides et il n'y avait aucune animation dans le vaste couloir où un
homme seul, tout au fond, se morfondait devant
la porte d'un bureau en se demandant si on ne
l'avait pas oublié. Le directeur de la P. J. venait
de partir après être venu serrer la main de Maigret.

— Vous tentez le coup ce soir?

— Le plus vite sera le mieux. Demain, il y
aura peut-être de la famille arrivée de province,
car ces gens-là ont sans doute de la famille plus
ou moins éloignée. Lundi, ce sont les obsèques et
je ne peux pas, décemment, choisir ce jour-là...

Il y avait déjà une heure, à ce moment-là, que
Maigret, de son bureau, qu'il arpentait de temps

en temps, les mains derrière le dos, en fumant
pipe sur pipe, préparait ce qu'il espérait être la
fin. Il n'aimait pas le mot mise en scène. Il appelait cela mise en place, comme dans les restau-
rants, et il était toujours anxieux de n'oublier
aucun détail.

A cinq heures et demie, toutes ses instructions
données, il était descendu boire un grand demi à
la brasserie Dauphine. Il pleuvait toujours. L'air
était gris. A la vérité, il avait bu deux demis,
coup sur coup, comme s'il prévoyait qu'il serait
un long moment sans en avoir l'occasion.

De retour dans son bureau, il n'avait plus qu'à
attendre. On finit par frapper à la porte et ce fut
Torrence qui se présenta le premier, l'air excité
et important, le teint animé, comme chaque fois
qu'on le chargeait d'une mission délicate. Il re-
poussa soigneusement le battant derrière lui et on
aurait pu croire qu'il venait de remporter un
énorme succès quand il annonça :

— Elles sont là !

— Dans la salle d'attente?

— Oui. Elles sont seules. Elles ont paru sur-
prises que vous ne les receviez pas tout de suite,
la mère surtout. Je crois que cela la vexe.

— Comment cela s'est-il passé?

— Quand je suis arrivé chez elles, c'est la
femme de ménage qui m'a ouvert la porte. Je lui
ai dit qui j'étais et elle a murmuré :

« — Encore !

» La porte du salon était fermée. J'ai dû at-

tendre assez longtemps dans l'entrée et j'entendais
des chuchotements sans pouvoir distinguer ce qui
se disait.

» Enfin, après un bon quart d'heure, la porte
s'est ouverte et j'ai aperçu un prêtre qu'on reconduisait jusqu'au palier. C'était la mère qui le reconduisait.

» Elle m'a regardé comme si elle essayait de me
reconnaître, puis elle m'a prié de la suivre. La
fille était dans le salon et elle avait les yeux rouges de quelqu'un qui vient de pleurer. »

— Qu'a-t-elle dit en voyant la convocation?

— Elle l'a relue deux fois. Sa main tremblait
un peu. Elle l'a passée à sa fille qui l'a lue à son
tour puis qui a regardé sa mère avec l'air de
dire :

« — J'en étais sûre. Je t'avais prévenue...

» Tout cela se passait comme au ralenti et je ne
me sentais pas à mon aise.

» — Il est nécessaire que nous allions là-bas?

» J'ai répondu que oui. La mère a insisté :

» — Avec vous?

» — C'est-à-dire que j'ai une voiture en bas.
Mais si vous préférez prendre un taxi...

» Elles se sont parlé à mi-voix, ont paru prendre une décision et m'ont demandé d'attendre quelques minutes.

» Je suis resté seul au salon un assez bon bout
de temps pendant qu'elles se préparaient. Elles
ont appelé une vieille dame qui se trouvait dans

la salle à manger et qui les a suivies dans une chambre.

» Quand elles sont revenues, elles avaient leur chapeau sur la tête, un manteau sur le dos, et elles étaient occupées à mettre leurs gants.

» La femme de ménage leur a demandé si elle devait les attendre pour le dîner. Mme Josselin lui a répondu du bout des lèvres qu'elle n'en savait rien...

» Elles se sont installées à l'arrière de la voiture et, pendant tout le temps que nous avons roulé, elles n'ont pas desserré les dents. Je voyais la fille dans le rétroviseur et il m'a semblé que c'était elle la plus inquiète. Qu'est-ce que je fais?

— Rien pour le moment. Attendez-moi au bureau.

Ce fut ensuite le tour d'Emile, le garçon de la brasserie, qui avait l'air beaucoup plus âgé en veston et en imperméable.

— Je vais vous demander d'attendre à côté.

— Ce ne sera pas trop long, chef? Un samedi soir, il y a du travail et les camarades m'en voudront si je leur laisse tout sur le dos...

— Quand je vous appellerai, il n'y en aura que pour quelques instants.

— Et je n'aurai pas besoin de témoigner au tribunal? C'est promis?

— C'est promis.

Maigret, une heure plus tôt, avait téléphoné

au Dr Fabre. Celui-ci l'avait écouté en silence puis avait prononcé :

— Je ferai mon possible pour y être à six heures. Cela dépendra de ma consultation...

Il arriva à six heures cinq et il dut voir, en passant, sa femme et sa belle-mère dans la salle d'attente vitrée. Maigret était allé jeter un coup d'œil, de loin, sur cette salle aux fauteuils verts où les photographies encadrées des policiers morts en service commandé garnissaient trois murs.

La lumière électrique y brûlait toute la journée. L'atmosphère était morne, déprimante. Il se souvenait de certains suspects qu'on avait laissés là, à se morfondre, pendant des heures, comme si on les avait oubliés, pour venir à bout de leur résistance.

Mme Josselin se tenait très droite sur une chaise, immobile, tandis que sa fille passait son temps à se lever et à se rasseoir.

— Entrez, monsieur Fabre...

Celui-ci, par le fait de cette convocation, s'attendait à un nouveau développement de l'affaire et avait l'air inquiet.

— J'ai fait aussi vite que j'ai pu... dit-il.

Il n'avait pas de chapeau, pas de manteau ni d'imperméable. Il devait avoir laissé sa trousse dans sa voiture.

— Asseyez-vous... Je ne vous retiendrai pas longtemps...

Maigret s'installait à son bureau en face de

lui, prenait le temps d'allumer la pipe qu'il venait de bourrer et prononçait d'une voix douce, avec une pointe de reproche :

— Pourquoi ne m'avez-vous pas dit que votre femme a un oncle?

Fabre devait s'y attendre mais ses oreilles n'en devinrent pas moins écarlates comme elles devaient le devenir à la moindre émotion.

— Vous ne me l'avez pas demandé... répondit-il en s'efforçant de soutenir le regard du commissaire.

— Je vous ai demandé de me dire qui fréquentait l'appartement de vos beaux-parents...

— Il ne le fréquentait pas.

— Est-ce que cela signifie que vous ne l'avez jamais vu?

— Oui.

— Il n'assistait pas à votre mariage?

— Non. Je connaissais son existence parce que ma femme m'en a parlé, mais il n'était jamais question de lui, en tout cas en ma présence, rue Notre-Dame-des-Champs.

— Soyez sincère, monsieur Fabre... Lorsque vous avez appris que votre beau-père était mort, qu'il avait été assassiné, lorsque vous avez su qu'on s'était servi de son propre revolver et qu'il s'agissait par conséquent d'un familier des lieux, vous avez tout de suite pensé à lui?

— Pas tout de suite...

— Qu'est-ce qui vous a fait y penser?

— L'attitude de ma belle-mère et de ma
femme...

— Celle-ci vous en a parlé, ensuite, lorsque
vous avez été en tête à tête?

Il prenait le temps de réfléchir.

— Nous avons été fort peu en tête à tête depuis cet événement.

— Et elle ne vous a rien dit?

— Elle m'a dit qu'elle avait peur...

— De quoi?

— Elle n'a pas précisé... Elle pensait surtout à sa mère... Je ne suis qu'un gendre... On
a bien voulu m'accepter dans la famille, mais je
n'en fais pas tout à fait partie... Mon beau-père
s'est montré généreux avec moi... Mme Josselin adore mes enfants... Il n'y en a pas moins
des choses qui ne me regardent pas...

— Vous croyez que, depuis votre mariage,
l'oncle de votre femme n'a pas mis les pieds
dans l'appartement?

— Tout ce que je sais, c'est qu'il y a eu une
brouille, qu'on le plaignait, mais qu'on ne pouvait plus le recevoir, pour des raisons que je n'ai
pas cherché à approfondir... Ma femme en parlait comme d'un malheureux plus à plaindre
qu'à blâmer, une sorte de demi-fou...

— C'est tout ce que vous savez?

— C'est tout. Vous allez questionner Mme Josselin?

— J'y suis obligé.

— Ne soyez pas trop brutal avec elle. Elle

paraît maîtresse d'elle-même. Certains s'y trompent et la prennent pour une femme assez dure.
Je sais, moi, qu'elle a une sensibilité d'écorchée
mais qu'elle est incapable de s'extérioriser. Depuis la mort de son mari, je m'attends à tout
moment à ce que ses nerfs flanchent...

— Je la traiterai avec toute la douceur possible...

— Je vous remercie... C'est fini?

— Je vous rends à vos malades...

— Je peux dire un mot à ma femme en sortant?

— Je préférerais que vous ne lui parliez pas
et surtout que vous ne parliez pas à votre belle-
mère...

— Dans ce cas, dites-lui que, si elle ne me
trouve pas à la maison en rentrant, c'est que je
serai à l'hôpital... On m'a téléphoné au moment
où je partais et il est probable que j'aurai à opé-
rer...

Au moment où il allait atteindre la porte,
il se ravisa, revint sur ses pas.

— Je m'excuse de vous avoir si mal reçu tout
à l'heure... Pensez à ma situation... On m'a accueilli généreusement dans une famille qui n'est
pas la mienne... Cette famille, comme les autres, a ses malheurs... J'ai considéré que ce
n'était pas à moi de...

— Je vous comprends, monsieur Fabre...

Un brave homme aussi, bien sûr! Mieux
qu'un brave homme, probablement, à en croire

ceux qui le connaissaient et, cette fois, les deux
hommes se serrèrent la main.

Maigret alla ouvrir le bureau des inspecteurs,
fit entrer Emile chez lui.

— Qu'est-ce que je dois faire?

— Rien. Restez là, près de la fenêtre. Je vous
poserai sans doute une question et vous me ré-
pondrez...

— Même si ce n'est pas la réponse que vous
attendez?

— Vous direz la vérité...

Maigret alla chercher Mme Josselin, qui se
leva en même temps que sa fille.

— Si vous voulez me suivre... Vous seulement... Je m'occuperai de Mme Fabre tout à
l'heure...

Elle portait une robe noire légèrement chinée
de gris, un chapeau noir orné de quelques petites plumes blanches, et un manteau de poil de
chameau léger.

Maigret la fit passer devant lui et elle vit tout
de suite l'homme debout près de la fenêtre et
tortillant son chapeau avec embarras. Elle parut
surprise, se tourna vers le commissaire et,
comme personne ne parlait, elle finit par demander :

— Qui est-ce?

— Vous ne le reconnaissez pas?

Elle l'observa plus attentivement, hocha la
tête.

— Non...

— Et vous, Emile, vous reconnaissez cette dame?

D'une voix enrouée par l'émotion, le garçon de café répondait :

— Oui, monsieur le commissaire. C'est bien elle.

— C'est la personne qui est venue rejoindre, à la brasserie Franco-Italienne, au début de la semaine, dans le courant de l'après-midi, un homme d'une quarantaine d'années? Vous en êtes certain?

— Elle portait la même robe et le même chapeau... Je vous en ai parlé ce matin...

— Je vous remercie. Vous pouvez aller.

Emile lançait à Mme Josselin un regard par lequel il semblait s'excuser de ce qu'il venait de faire.

— Vous n'aurez plus besoin de moi?

— Je ne le pense pas.

Ils restaient seuls en tête à tête et Maigret désignait un fauteuil en face de son bureau, passait derrière celui-ci, ne s'asseyait pas encore.

— Vous savez où est votre frère? demanda-t-il d'une voix feutrée.

Elle le regardait en face, de ses yeux à la fois sombres et brillants, comme elle le faisait rue Notre-Dame-des-Champs, mais elle était moins tendue et on sentait même chez elle un certain soulagement. Cela se marqua davantage quand elle se décida à s'asseoir. Ce fut un peu comme

si elle acceptait enfin d'abandonner une certaine attitude qu'elle s'était efforcée de conser-
ver à contrecœur.

— Qu'est-ce que mon gendre vous a dit? ques-
tionna-t-elle, répondant à une question par une
autre question.

— Peu de chose... Il m'a seulement confirmé
que vous avez un frère, ce que je savais déjà...

— Par qui?

— Par une très vieille demoiselle, presque no-
nagénaire, qui habite encore, rue Dareau, l'immeuble où vous avez vécu jadis avec votre père
et votre frère...

— Cela devait arriver... dit-elle du bout des
lèvres.

Il revint à la charge.

— Vous savez où il est?

Elle secoua la tête.

— Non. Et je vous jure que je vous dis la
vérité. Jusqu'à mercredi, j'étais même persuadée
qu'il se trouvait loin de Paris...

— Il ne vous écrivait jamais?

— Pas depuis qu'il ne mettait plus les pieds
chez nous...

— Vous avez tout de suite su que c'était lui
qui avait tué votre mari?

— Je n'en suis pas encore sûre maintenant...
Je refuse de le croire... Je sais que tout est contre lui...

— Pourquoi avez-vous essayé, en vous taisant,

et en forçant votre fille à se taire, de le sauver coûte que coûte?...

— D'abord, parce que c'est mon frère et parce que c'est un malheureux... Ensuite, parce que je me considère un peu comme responsable...

Elle tirait un mouchoir de son sac, mais ce n'était pas pour s'essuyer les yeux, qui restaient secs et toujours aussi brillants d'une fièvre intérieure. Machinalement, ses doigts maigres le roulaient en boule tandis qu'elle parlait ou qu'elle attendait les questions du commissaire.

— Maintenant, je suis prête à tout vous dire...

— Comment s'appelle votre frère?

— Philippe... Philippe de Lancieux... Il a huit ans de moins que moi...

— Si je ne me trompe, il a passé une partie de son adolescence dans un sanatorium de montagne?

— Pas de son adolescence... Il n'avait que cinq ans quand on s'est aperçu qu'il était atteint de tuberculose... Les médecins l'ont envoyé en Haute-Savoie où il est resté jusqu'à l'âge de douze ans...

— Votre mère était déjà morte?

— Elle est morte quelques jours après sa naissance... Et cela explique bien de choses... Je suppose que tout ce que je vais vous dire s'étalera demain dans les journaux...

— Je vous promets qu'il n'en sera rien.

Qu'est-ce que la mort de votre mère explique?

— L'attitude de mon père vis-à-vis de Philippe et même son attitude tout court pendant la seconde partie de sa vie... Du jour où ma mère est morte, c'est devenu un homme différent et je suis sûr qu'il en a toujours voulu à Philippe, malgré lui, en le rendant responsable de la mort de sa femme...

» En outre, il s'est mis à boire... C'est vers cette époque qu'il a donné sa démission de l'armée, bien qu'il n'eût à peu près aucune fortune, de sorte que nous avons vécu très petitement...

— Pendant que votre frère était à la montagne, vous êtes restée seule rue Dareau avec votre père?

— Une vieille bonne, qui est morte à présent, a vécu avec nous jusqu'au bout...

— Et au retour de Philippe?

— Mon père l'a placé dans un établissement religieux d'éducation à Montmorency et nous ne voyions guère mon frère que pendant les vacances... A quatorze ans, il s'est enfui et, deux jours plus tard, on l'a retrouvé au Havre, où il était arrivé en faisant de l'auto-stop...

» Il disait aux gens qu'il devait gagner Le Havre au plus vite parce que sa mère était mourante... Il avait déjà pris l'habitude de raconter des histoires... Il inventait n'importe quoi et les gens le croyaient, parce qu'il finissait par y croire lui-même...

» Comme le collège de Montmorency ne voulait plus de lui, mon père l'a fait entrer dans un autre établissement, près de Versailles...

» Il y était encore quand j'ai rencontré René Josselin... J'avais vingt-deux ans... »

Le mouchoir avait maintenant la forme d'une corde qu'elle tiraillait de ses deux mains crispées et Maigret, sans s'en rendre compte, avait laissé éteindre sa pipe.

— C'est alors que j'ai commis une faute et je m'en suis toujours voulu... Je n'ai pensé qu'à moi...

— Vous avez hésité à vous marier?

Elle le regardait, hésitante, cherchant ses mots.

— C'est la première fois que je suis obligée de parler de ces choses-là, que j'ai toujours gardées pour moi... La vie, avec mon père, était devenue d'autant plus pénible que, à notre insu, il était déjà malade... Je me rendais pourtant compte qu'il ne vivrait pas vieux, que Philippe, un jour ou l'autre, aurait besoin de moi... Voyez-vous, je n'aurais pas dû me marier... Je l'ai dit à René...

— Vous travailliez?

— Mon père ne le permettait pas, car il considérait que la place d'une jeune fille n'est pas dans un bureau... J'envisageais cependant de le faire, de vivre plus tard avec mon frère... René a insisté... Il avait trente-cinq ans... C'était un homme dans la force de l'âge et j'avais toute confiance en lui...

» Il m'a dit que, quoi qu'il arrive, il s'occu-
perait de Philippe, qu'il le considérerait comme
son propre fils, et j'ai fini par céder...

» Je n'aurais pas dû... C'était la solution facile... Du jour au lendemain, j'échappais à l'atmosphère oppressante de la maison et je me
débarrassais de mes responsabilités...

» J'avais un pressentiment...

— Vous aimiez votre mari?

Elle le regarda bien dans les yeux et dit avec
une sorte de défi dans la voix :

— Oui, monsieur le commissaire... Et je l'ai
aimé jusqu'au bout... C'était l'homme...

Pour la première fois, sa voix se cassait un
peu et elle détourna un moment la tête.

— Je n'en ai pas moins pensé toute ma vie
que j'aurais dû me sacrifier... Quand, deux mois
après notre mariage, le médecin m'a annoncé
que mon père était atteint d'un cancer ingué-
rissable, j'ai considéré ça comme une punition...

— Vous l'avez dit à votre mari?

— Non. Tout ce que je vous dis aujourd'hui,
j'en parle pour la première fois, parce que c'est
la seule façon, si mon frère a vraiment fait ce
que vous croyez, de plaider sa cause... Au besoin, je le répéterai à la barre... Contrairement
à ce que vous pourriez penser, je me moque de
l'opinion des gens...

Elle s'était animée et ses mains étaient de
plus en plus agitées. Elle ouvrait à nouveau son
sac, en tirait une petite boîte de métal.

— Vous n'auriez pas un verre d'eau?... Il
vaut mieux que je prenne un médicament que
le Dr Larue m'a ordonné...

Maigret alla ouvrir le placard dans lequel il
y avait une fontaine, un verre et même une bouteille de cognac qui n'était pas toujours inutile.

— Je vous remercie... Je m'efforce de rester
calme... On a toujours cru que j'étais très maîtresse de moi-même, sans soupçonner le prix que
je paie cette apparence... Qu'est-ce que je vous
disais?

— Vous parliez de votre mariage... Votre frère
était alors à Versailles... Votre père...

— Oui... Mon frère n'est resté qu'un an à
Versailles, d'où il a été mis à la porte...

— Il avait fait une nouvelle fugue?

— Non, mais il était indiscipliné et ses maî-
tres ne pouvaient rien en tirer... Voyez-vous,
je n'ai jamais vécu assez longtemps avec lui pour
bien le connaître... Je suis sûre qu'il n'est pas
méchant au fond... C'est son imagination qui
lui joue de mauvais tours...

» Peut-être cela vient-il de son enfance passée
en sanatorium, la plupart du temps couché,
comme isolé du monde?...

» Je me souviens d'une réponse qu'il m'a faite,
un jour que je le trouvai étendu sur le plancher,
dans le grenier, alors qu'on le cherchait partout.

» — Qu'est-ce que tu fais, Philippe?

» — Je me raconte des histoires...

» Malheureusement, il les racontait aux au-

tres aussi. J'ai proposé à mon père de le prendre
chez nous. René était d'accord. C'est même lui
qui en a parlé le premier. Mon père n'a pas voulu
et l'a confié à une autre pension, à Paris, cette
fois...

   » Philippe venait nous voir chaque semaine
rue Notre-Dame-des-Champs, où nous habitions
déjà... Mon mari le considérait vraiment comme
son fils... Pourtant, Véronique était née... »

   Une rue calme et harmonieuse, un appartement douillet, entouré de couvents, à deux pas
des ombrages du Luxembourg. De braves gens.
Une industrie prospère. Une famille heureuse...

   — Il est arrivé à mon père ce que vous savez...

   — Où cela s'est-il passé?

   — Rue Dareau. Dans son fauteuil. Il s'était
mis en uniforme et avait placé le portrait de
ma mère et le mien en face de lui. Pas celui de
Philippe...

   — Qu'est devenu celui-ci?

   — Il a continué ses études, tant bien que mal.
Nous l'avons gardé deux ans à la maison. Il
était évident qu'il ne passerait jamais son bac-
calauréat et René avait l'intention de le prendre dans son affaire...

   — Quels étaient les rapports entre votre frère
et votre mari?

   — René avait une patience infinie... Il me
cachait autant que possible les frasques de Philippe et celui-ci en profitait... Il ne supportait
aucune contrainte, aucune discipline... Souvent

nous ne le voyions pas aux repas et il rentrait
se coucher à n'importe quelle heure, toujours
avec une belle histoire à nous raconter...

» La guerre a éclaté... Philippe a été renvoyé
d'une dernière école et nous étions, mon mari
et moi, sans nous le dire, de plus en plus inquiets
à son sujet...

» Je crois que René, lui aussi, avait comme
des remords... Peut-être que si j'étais restée rue
Dareau...

— Ce n'est pas mon avis, fit gravement Maigret. Dites-vous bien que votre mariage n'a rien
changé au cours des choses...

— Vous croyez?

— Dans ma carrière, j'en ai vu des douzaines,
dans le cas de votre frère, qui n'avaient pas les
mêmes excuses que lui.

Elle ne demandait qu'à le croire mais ne s'y
décidait pas encore.

— Qu'est-il arrivé pendant la guerre?

— Philippe a tenu à s'engager... Il venait
d'avoir dix-huit ans et il a tellement insisté que
nous avons fini par céder...

» En mai 1940, il a été fait prisonnier dans
les Ardennes et nous sommes restés longtemps
sans nouvelles de lui...

» Il a passé toute la guerre en Allemagne,
d'abord dans un camp, ensuite dans une ferme,
du côté de Munich...

» Nous espérions, à son retour, trouver un
homme différent...

— Il était resté le même?

— Physiquement, c'était un homme, en effet,
et je l'ai à peine reconnu. La vie au grand air
lui avait fait du bien et il était devenu solide,
vigoureux. Dès ses premiers récits, nous avons
compris que, dans le fond, c'était toujours le
garçon qui faisait des fugues et se racontait
des histoires...

» A l'entendre, il lui était arrivé les aventures les plus extraordinaires. Il s'était échappé
trois ou quatre fois, dans des circonstances ro-
cambolesques...

» Il avait vécu, ce qui est possible, comme
mari et femme avec la fermière chez qui il travaillait et il prétendait qu'il en avait deux enfants... Elle en avait un autre de son mari...

» Celui-ci, selon Philippe, avait été tué sur
le front russe.. Mon frère parlait de retourner
là-bas, d'épouser la fermière, de rester désormais en Allemagne...

» Puis, un mois plus tard, il avait d'autres
projets... L'Amérique le tentait et il prétendait
qu'il avait fait la connaissance d'agents des ser-
vices secrets qui ne demandaient qu'à l'accueillir...

— Il ne travaillait pas?

— Mon mari, comme il l'avait promis, lui
avait fait une place rue du Saint-Gothard...

— Il vivait chez vous?

— Il n'est resté chez nous que trois semaines
avant de s'installer, près de Saint-Germain-des

Prés, avec une serveuse de restaurant... Il parlait à nouveau de se marier. Chaque fois qu'il
avait une nouvelle aventure, il faisait des projets de mariage...

« Tu comprends, elle attend un enfant et, si
je ne l'épousais pas, je serais un salaud... »

— Je ne compte plus les enfants qu'il prétend
avoir eus un peu partout...

— C'était faux?

— Mon mari a essayé de vérifier. Il n'a jamais obtenu de preuves convaincantes. Chaque
fois, c'était un moyen de lui soutirer de l'argent.

» Et j'ai découvert bientôt qu'il jouait sur
les deux tableaux. Il venait me faire ses confi-
dences, me suppliait de l'aider. Chaque fois, il
avait besoin d'une certaine somme pour se tirer
d'affaire, après quoi tout irait bien. »

— Vous lui donniez ce qu'il vous demandait?

— Je cédais presque toujours. Il savait que
je ne disposais pas de beaucoup d'argent. Mon
mari ne me refusait rien. Il me remettait ce dont
j'avais besoin pour la maison et ne me réclamait
pas de comptes. Je n'aurais pas pu, néanmoins,
sans lui en parler, distraire de trop fortes sommes...

» Alors, Philippe, astucieux, allait trouver
René en cachette... Il lui racontait la même histoire, ou une autre, en le suppliant de ne pas
m'en parler... »

— Comment votre frère a-t-il quitté la rue
du Saint-Gothard?

— On a découvert des indélicatesses... C'était d'autant plus grave qu'il allait trouver de gros clients pour leur demander de l'argent au nom de mon mari...

— Celui-ci s'est enfin fâché?

— Il a eu un long tête-à-tête avec lui. Au lieu de lui remettre une certaine somme pour s'en débarrasser, il lui a fait verser par sa banque une mensualité suffisante pour lui permettre de vivre... Je suppose que vous devinez la suite?

— Il est revenu à la charge...

— Et, chaque fois, nous avons pardonné. Chaque fois, il donnait vraiment l'impression qu'il allait se refaire une vie... Nous lui ouvrions à nouveau notre porte... Puis il disparaissait après avoir commis une nouvelle indélicatesse...

» Il a vécu à Bordeaux... Il jure qu'il s'y est marié, qu'il y a un enfant, une fille, mais, si c'est vrai, et nous n'avons jamais eu la preuve, sinon un portrait de femme qui pourrait être le portrait de n'importe qui, si c'est vrai, dis-je, il a abandonné bientôt sa femme et sa fille pour aller s'installer à Bruxelles...

» Là, il a été menacé, toujours selon lui, d'être jeté en prison, et mon mari lui a envoyé des fonds...

» Je ne sais pas si vous comprenez... C'est difficile, sans le connaître... Il paraissait toujours sincère et je me demande s'il ne l'était pas... Il n'a pas un mauvais fond...

— Il n'en a pas moins tué votre mari.

— Tant que je n'en aurai pas la preuve et qu'il ne l'avouera pas, je refuserai de le croire... Et je garderai toujours un doute... Je me demanderai toujours si ce n'est pas ma faute...

— Depuis quand n'était-il pas venu rue Notre-Dame-des-Champs?

— Vous voulez dire dans la maison?

— Je ne comprends pas la distinction.

— Parce que, dans la maison, il y a au moins sept ans qu'il n'y a pas mis les pieds... C'était après Bruxelles, avant Marseille, quand Véronique n'était pas encore mariée... Jusqu'alors, il avait toujours porté beau, car il était très élégant, soigneux de sa personne... Nous l'avons vu revenir avec presque l'air d'un clochard et il était évident que, les derniers temps, il n'avait pas mangé à sa faim...

» Jamais il ne s'est montré aussi humble, aussi repentant. Nous l'avons gardé quelques jours chez nous et, comme il prétendait avoir un emploi qui l'attendait au Gabon, mon mari l'a encore une fois remis en selle...

» On n'a plus entendu parler de lui pendant près de deux ans... Puis, un matin que j'allais faire mon marché, je l'ai trouvé qui m'attendait sur le trottoir, au coin de la rue...

» Je ne vous raconterai pas ses nouvelles inventions... Je lui ai donné quelques billets...

» Cela s'est reproduit plusieurs fois au cours des dernières années... Il me jurait qu'il n'avait pris

aucun contact avec René, qu’il ne lui demande-
rait jamais plus rien...

— Et, le même jour, il s’arrangeait pour le
voir?

— Oui. Comme je vous le disais, il continuait
à jouer sur les deux tableaux. J’en ai la preuve
depuis hier.

— Comment?

— J’avais un pressentiment... Je me doutais
qu’un jour vous apprendriez l’existence de Philippe et que vous me poseriez des questions précises...

— Vous espériez que ce serait le plus tard possible, afin de lui laisser le temps de gagner
l’étranger?

— Vous n’auriez pas agi comme moi?... Vous
croyez que votre femme, par exemple, n’aurait
pas fait la même chose?

— Il a tué votre mari.

— Supposons même que ce soit prouvé, il n’en
reste pas moins mon frère et ce n’est pas de le
mettre en prison jusqu’à la fin de ses jours qui
ressuscitera René... Moi, je connais Philippe...
Mais, si je dois raconter un jour aux jurés ce
que je viens de vous dire, ils ne me croiront
pas... C’est un malheureux plutôt qu’un crimi-
nel.

A quoi bon discuter avec elle? Et c’était vrai,
en quelque sorte, que Philippe de Lancieux était
marqué par le destin

— Je vous disais que j’ai examiné les papiers

de mon mari, en particulier ses talons de chèques, dont il y a deux pleins tiroirs, soigneusement classés, car il était méticuleux...

» C'est ainsi que j'ai appris que, chaque fois que Philippe était venu me voir, il était allé voir aussi mon mari, rue du Saint-Gothard, d'abord, puis, plus tard, je ne sais où... Sans doute l'attendait-il dans la rue, comme il m'attendait... »

— Votre mari ne vous en a jamais parlé...

— Il craignait de me faire de la peine. Et me de mon côté. Si nous avions été plus francs l'un vis-à-vis de l'autre, rien ne serait peut-être arrivé... J'y ai beaucoup réfléchi... Mercredi, un peu avant midi, alors que René n'était pas encore rentré, j'ai reçu un coup de téléphone et j'ai tout de suite reconnu la voix de Philippe...

Celui-ci n'appelait-il pas de la brasserie Franco-Italienne, où Josselin venait à peine de le quitter ? C'était probable. Le point était vérifiable. La caissière se souviendrait peut-être de lui avoir remis un jeton.

— Il me disait qu'il avait absolument besoin de me voir, que c'était une question de vie ou de mort et qu'ensuite nous n'entendrions plus jamais parler de lui... Il m'a donné rendez-vous où vous savez. J'y suis allée en me rendant chez le coiffeur...

— Un instant. Vous avez dit à votre frère que vous alliez chez le coiffeur ?

— Oui… Je voulais lui expliquer pourquoi j'étais si pressée…

— Et vous avez parlé de théâtre?

— Attendez… J'en suis à peu près sûre… J'ai dû lui dire :

« — Je dois passer chez le coiffeur parce que je vais ce soir au théâtre avec Véronique…

» Il paraissait encore plus anxieux que les autres fois… Il m'avouait qu'il avait fait une grosse bêtise, sans me dire laquelle, mais il me laissait entendre qu'il pourrait être arrêté par la police… Il avait besoin d'une forte somme pour s'embarquer pour l'Amérique du Sud… J'avais pris dans mon sac tout l'argent dont je disposais et je le lui ai remis…

» Je ne comprends pas pourquoi, le soir, il serait venu chez nous pour tuer mon mari…

— Il savait que le revolver était dans le tiroir?

— Il s'y trouve depuis au moins quinze ans, sans doute plus, et, à cette époque, il est arrivé à Philippe, je vous l'ai dit, de vivre avec nous…

— Il connaissait aussi, bien entendu, la place de la clef dans la cuisine.

— Il n'a pas pris d'argent… Or, il y en avait dans le portefeuille de mon mari et on n'y a pas touché. Il y avait de l'argent aussi dans le secrétaire, des bijoux dans ma chambre.

— Votre mari a signé un chèque au bénéfice de Philippe le jour de sa mort?

— Non.

Il y eut un silence pendant lequel ils se regardèrent.

— Je pense, soupira Maigret, que c'est là l'explication.

— Mon mari aurait refusé?

— C'est probable...

Ou peut-être s'était-il contenté de donner à son beau-frère quelques billets qu'il avait en poche?

— Votre mari avait son carnet de chèques sur lui?

S'il ne l'avait pas eu, il aurait pu donner rendez-vous à Philippe pour le soir.

— Il l'avait toujours en poche.

Dans ce cas, c'était Lancieux qui, n'ayant pas réussi le matin, était revenu à charge. Etait-il déjà décidé à tuer? Espérait-il que, sa sœur disposant de la fortune, il parviendrait à en tirer davantage?

Maigret n'essayait pas d'aller si loin. Il avait éclairé les personnages autant que cela lui était possible et le reste serait un jour l'affaire des juges.

— Vous ne savez pas s'il y a longtemps qu'il était à Paris?

— Je vous jure que je n'en ai pas la moindre idée. Tout ce que j'espère, je l'avoue, c'est qu'il a eu le temps de passer à l'étranger et qu'on n'entendra plus parler de lui.

— Et si, un jour, il vous réclamait à nouveau de l'argent?.. Si vous receviez un télégramme, par exemple de Bruxelles, de Suisse ou d'ailleurs, vous demandant de lui envoyer un mandat?

— Je ne crois pas que...

Elle ne finit pas sa phrase. Pour la première fois, elle baissait les yeux sous le regard de Maigret et balbutiait :

— Vous ne me croyez pas non plus.

Cette fois, il y eut un long silence et le commissaire tripota une de ses pipes, se décida à la bourrer et à l'allumer, ce qu'il n'avait pas osé faire pendant tout cet entretien.

Ils n'avaient plus rien à se dire, cela se sentait. Mme Josselin ouvrait son sac une fois de plus, pour y mettre son mouchoir, et le fermoir fit entendre un bruit sec. Ce fut comme un signal. Après une dernière hésitation, elle se levait, moins raide que quand elle était entrée.

— Vous n'avez plus besoin de moi?

— Pas pour le moment.

— Je suppose que vous allez le faire rechercher?

Il se contenta d'abaisser les paupières. Puis, en marchant vers la porte, il remarqua :

— Je n'ai même pas sa photographie.

— Je sais que vous n'allez pas me croire, mais je n'en possède pas non plus, sinon des photographies qui datent d'avant la guerre, quand il n'était qu'un adolescent.

Devant la porte que Maigret entrouvrait, ils étaient un peu embarrassés tous les deux comme s'ils ne savaient comment prendre congé.

— Vous allez interroger ma fille?

— Ce n'est plus nécessaire...

— C'est peut-être pour elle que ces journées ont été le plus pénible... Pour mon gendre aussi, je suppose?... Ils n'avaient pas les mêmes raisons de se taire... Ils l'ont fait pour moi...

— Je ne leur en veux pas...

Il tendait une main hésitante et elle y posa sa main qu'elle venait de reganter.

— Je ne vous dis pas bonne chance... balbutia-t-elle.

Et, sans se retourner, elle se dirigea vers la salle d'attente vitrée où une Véronique anxieuse se levait d'une détente.

8

L'HIVER AVAIT PASSE.
Dix fois, vingt fois, les lampes étaient restées
allumées, tard le soir, et même fort avant dans
la nuit, ce qui signifiait chaque fois qu'un
homme ou une femme était assis dans le fauteuil que Mme Josselin avait occupé, en face le
bureau de Maigret.

Le signalement de Philippe de Lancieux avait
été transmis à toutes les polices et on le recher-
chait aussi bien dans les gares qu'aux postes
frontières et que dans les aéroports. Interpol avait
établi une fiche qui était en possession des polices
étrangères.

Ce ne fut qu'à la fin mars, pourtant, alors que
les pots de cheminée prenaient leur couleur rose
sur le ciel bleu pâle et que les bourgeons com-
mençaient à éclater que Maigret, en arrivant

un matin à son bureau, sans pardessus pour la première fois de l'année, entendit à nouveau parler du frère de Mme Josselin.

Celle-ci continuait à habiter l'appartement de la rue Notre-Dame-des-Champs en compagnie d'une sorte de gouvernante, à aller chaque après-midi voir ses petits-enfants boulevard Brune et à les promener dans les allées du parc Montsouris.

Philippe de Lancieux venait d'être retrouvé mort, tué de plusieurs coups de couteau, vers trois heures du matin, à proximité d'un bar de l'avenue des Ternes.

Les journaux écrivirent : « Drame du milieu. »

C'était plus ou moins exact, comme toujours. Si Lancieux n'avait jamais appartenu au milieu, il n'en vivait pas moins, depuis quelques mois, avec une prostituée nommée Angèle.

Il continuait à raconter des histoires et Angèle était persuadée que, s'il se cachait chez elle, ne sortant que la nuit, c'était parce qu'il s'était évadé de Fontevrault où il purgeait une peine de vingt ans.

D'autres s'étaient-ils aperçus qu'il n'était qu'un demi-sel ? L'avait-on mis à l'amende pour avoir enlevé la jeune femme à son protecteur attitré ?

On ouvrit une enquête, assez mollement, comme presque toujours dans ces cas-là. Maigret eut à aller une fois de plus rue Notre-Dame-des-Champs ; il revit la concierge, dont le bébé était assis dans une chaise haute et gazouillait, monta au troisième étage, poussa le bouton.

Mme Manu, malgré la gouvernante, travaillait encore quelques heures par jour dans l'appartement et c'est elle qui ouvrit la porte, sans, cette fois, laisser la chaîne.

— C'est vous ! dit-elle en fronçant les sourcils, comme s'il ne pouvait apporter que de mauvaises nouvelles.

La nouvelle était-elle tellement mauvaise ?

Rien n'avait changé dans le salon, sauf qu'une écharpe bleue traînait sur le fauteuil de René Josselin.

— Je vais avertir madame...

— S'il vous plaît...

Il n'en éprouvait pas moins le besoin de s'éponger en se regardant vaguement dans la glace.

FIN

Noland, le 11 septembre 1961

Imprimerie Bussière à Saint-Amand (Cher), France. — 4-1962.
Dépôt légal : 2ᵉ trim. 1962.   Nᵒ d'éd. : 1529.   Nᵒ d'imp. : 136.

IMPRIMÉ EN FRANCE

AL-JAZEERA

*The Story of the Network
That Is Rattling Governments and
Redefining Modern Journalism*

MOHAMMED EL-NAWAWY
ADEL ISKANDAR

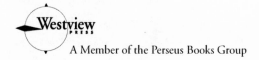

A Member of the Perseus Books Group

The authors wish to acknowledge the Al-Jazeera Satellite
Channel, which has generously given permission to use the
pictures and JSC logo in this book.

Many of the designations used by manufacturers and sellers to distin-
guish their products are claimed as trademarks. Where those designations appear in this book and Westview Press was aware of a trademark
claim, the designations have been printed in initial capital letters.

Cataloging-in-publication data is available from the Library of
Congress
ISBN-13 978-0-8133-4149-1; ISBN-10 0-8133-4149-3

Westview Press is a member of the Perseus Books Group.
Find us on the World Wide Web at http://www.westviewpress.com

Westview Press books are available at special discounts for bulk pur-
chases in the U.S. by corporations, institutions, and other organizations.
For more information, please contact the Special Markets Department
at the Perseus Books Group, 11 Cambridge Center, Cambridge, MA
02142, or call (800) 255–1514 or (617) 252–5298, or e-mail
special.markets@perseusbooks.com.

Text design by Janice Tapia
Set in 11.5-point Janson Text by the Perseus Books Group